私の危険な本音

[illegible]綾子

まえがき

先日、本の題について、古くから親しい出版社のベテラン編集者と話す機会があった。

私は昔から、題をつけるのが下手であった。新聞連載を始める期日が迫っているというのに、一向にいい題が思い浮かばない。係の文化部だか学芸部だかの記者氏は、いらいらしている。

「K先生なんか二十くらい候補の題を出してくださいました」とイヤミったらしく言う。

K先生とは、その頃の大流行作家である。これは耳寄りな話だ、と私は思った。

「そのうちの一つしかお使いにならなかったんでしょう?」

と私は尋ねた。

「それはそうです」

「それなら、余ったのを一つ、私にください」

私が相手の返事を覚えていないのは、相手があきれて答えなかったからではないかと思う。

思い返してみると、私の本の中で、ベストセラーではないがベターセラーくらいになったもののほとんどは、出版社のベテランが題をつけてくれたものだ。本が売れたのは、その中身のせいではなく、題のおかげなのである。

しかし今回の本だけは、私が口走った題である。だから多分売れないだろう。私は今までに、テロの一味に加担したこともなく、新興教団の信者になったこともない。しかし現在の日本では、誰でもが当たり前のように思っていることを口にすると、叩かれることが始終ある。そういう空気を自ら作っているのは、人道、正義、平等などを売り物にしている日本の代表的新聞の記者や書き手たちである。

ほんとうに危険な思想など、人間はなかなかもてるものではない。私も持てない。その理由は、私には楽なことが何より好きという性格があるからだ。

私は毎日料理を作るが、その特徴は「手抜き」をする技術を知っていて、ゆえに「早い」ということである。それは心を込めてていねいに作るという姿勢と、正反対の位置にある心理だ。

多分アメリカも同じような社会状態なのである。人間は誰もが他人に対して自然に温かく親しい気持ちを持ちたいとは願うのだが、あまり理想論ばかり述べると、「そんなことは嘘だろう。あんなお体裁屋のことをいい人だと言うのか!?」と言いたくなる要素がある場合も多い。それが人間の自然な本性なのだ。善人ではありたいが、偽善的なことばかり言っていると、わずかな本音を吐きたくなることもある。

この「前がき」を書いているのは、二〇一六年六月初めで、アメリカでは秋の大統領選に向けて、共和党のトランプ氏の支持率が、民主党のクリントン女史を抜いていると言われだした段階だ。私はもともと政治的人間ではないし、ましてやアメリカのことなどほとんど知識もない。

しかしもし、暴論ばかり吐くと言われたトランプ氏が大統領になることがあったら、それを可能にしたのは、アメリカのマスコミが軽薄な人道主義ばかりを長年売り物にしてきたおかげである。

今までアメリカの、ことにマスコミは、人権、正義、平等などを高らかに謳《うた》いあげているうちに、自分たちがほんとうに心底から人道主義者で、何よりも人権を重んじている人間で、かつ完全な平等主義者だと思い込んだふりをしなければならなくなったふしがある。

これらの観念は、誰もが強烈に理想として目標に持っているものだが、複雑で屈折した人間の心は、心底それだけを欲しているとはとても信じがたい。平等はすばらしいし、人権も守りたいが、自分の財布から出て行く金は最小限に留めたい、などと思いかねない面もある。

もしトランプ氏が勝ったら、それは、常日頃おきれいごとしか言わず、その結果、誰の心にも溜まっているはずの、「おきれいごと」の反対の「お汚なごと」を、マスコミに代わってトランプ氏が叫んだことに喝采を送った正直な民衆の力の結果だろう。つまりトランプ氏を当選させたとすれば、それは負の形を取ったマスコミの功績でもあったということになる。

つまらない意見だの本音だのは、現世でつまらないままにおわらせなければならない。しかしつまらない意見を封じてはいけないのである。危険と言われるほどでもない本音が、危険と見なされる社会は風通しが悪いのだから、この際、最小限の予算で改築して、小さな窓を開けるのもいいかもしれない。

二〇一六年六月

曽野綾子

私の危険な本音　目次

まえがき　3

第1章 覚悟の育て方
私たちは生かされ生きている

日本人はいつからか物事を正視する力を失った　22
自分に不都合なことが起きると、すぐに誰かのせいにする　22
安易な謝罪でことが済まされる日本　23
この世はいまも昔もずっと無残であり続けて来た　26
時に思わぬ不幸に襲われても、誰かのために何かを「与えられる」人間になる　27

どんな時でも物事の両面をきちんと見る　29
戦争は忌避すべきものだが、そこからも学べた　31
日本に生まれたというだけで、人生は半分以上成功だ　32
人間の自立の証とは「与えること」　33
プロとしての覚悟を持つ　34
人間として恥ずかしい他者への「三つの要求」　35
人生には裏の裏、そのまた裏がある　36
疑いの精神が私を育てた　36
国家の一員として個人情報処理を受け容れる　37
「安心して暮らせる社会」なんてありえない　39
なぜ靖国を踏み絵にしてはならないか　41
凧は「重し」があって初めて強風の空に舞う　42
死に時を、どんなに考えても予定通りいかない　44
年長者が成熟していない社会　44
受けるばかりで与えられない人はだんだん腐ってくる　46
「自信がないから周りと比べる」それが日本全体を覆っている　47
時には人間の命に優劣をつける差別もある　49
歩んで来た道のりの厳しさにたじろぎながらも未来へ希望を紡ぐ　49

第2章
日本人を蝕《むしば》むもの
日本社会に約束された荊の道

「大人の話」ができない幼い日本社会　52
愛国心は生活必需品と同じくらいのもの　52
国家という「人」はいない　53
生きるのに必要なのは「力」である　54
世界的レベルから見て日本は本当に貧しいのか　55
多くの国は平和とは縁遠い生活をしている　56
今の地球上の論理は弱者を甘やかしすぎている　57
「与えられる」ことを当然とする権利の主張が精神の貧困を生む　58
「精神や文化の雑居」に慣れない日本人の難民問題　60
「外国人とは居住だけは別にした方がいい」には訳がある　61
日本という国の特殊性　63
日本に生息する平和主義をうたう珍獣　66
一廉《ひとかど》の人間を目指す　67
人間になるかセールスマンになるか　68

恐れを知らなければ人を理解することはできない 69
日本の援助交際と途上国の売春 70
怠け者は食べてはいけない 71
マキアヴェリの教えは今に通じる 71
プロスポーツ選手に道徳的人格は求めない 72
人間も国家も存在する限り、絶えず罪を犯す 74
「知る権利」は絶対で最大の正義なのか 75
人間は簡単に理性を失う、ということを承知しておく 77
日本人の精神は、どんどん幼児化していっている 78
日本社会に約束された荊《いばら》の道 79

第3章 教育という生モノ
少々お腹にあたって痛い思いをさせる

日本の教育は、大事なものを半分も欠落させた 84
少々お腹にあたって痛い思いをさせる 85
子供の親離れはとりもなおさず教育の成功 86
人を救うために自分の命を差し出さねばならない時もある 86

いじめの責任はすべていじめた側にあるのか　88
自分の心の中にもあるいじめを「楽しむ」という悪の根　88
ある年齢から、教育の責任の半分は子供当人にある　91
人生は全部想定外　93
教師も親も、生活の術を子供に教えられなくなってしまった　94
自分を教育するのは自分自身だ　95
昔は「ばか」「能無し」「お前はもうやめてしまえ」と言ってもらって成長した　96
しつけは全部親から学ぶものだった　97
ほんとうの教育はすべて「生のもの」でなければならない　99
裏表があることが、人間の本質　101
誰もが愚かさを持つ。それが人間である　103
親は自分の満足のために子供を引きずってはいないか　104
子供は、惚れて、ほめてから注意をする　105
重大なことはすべて自分で決定して行動するしかない　105
子供には、本来、人生は思い通りにいかないものだ、と教える　106
人間の原型は卑怯者であることを忘れてはいけない　108
学校なんてそれほど大切なものではない　109
人にはそれぞれ与えられた能力と任務がある　110

死についてては幼い時から学ばせた方がいい 112

第4章 ほどほどの忍耐と継続
この世は良さと悪さの抱き合わせ

私たちの周囲は愚かな嘘でかためられている 116
「たかが」と「ほどほど」の精神 116
「してくれない」と求めてしまうのは精神的に早発性老化病である 117
たいていのことはあきらめれば解決する 118
「いい評判」ほどいいかげんなものはない 119
自信なんて一生かかっても作れるものではない 120
「喜捨の精神」を持って小さな損ができる人間になる 121
人を正確に理解することはまず難しい 122
賢い人は見たことを話し、愚か者は聞いたことを話す 123
時に「無駄遣い」もする、それは楽しい 125
この世は良さと悪さの抱き合わせ 125
自分の才能を見つける方法 126
会社や組織に執着すると悪女の深情けになる 129

神は仕事において不必要な物も人も、何一つ作らなかった　130
平等を誇張するととんでもない不公平が生まれる　131
成功のたった一つの鍵は、忍耐と継続　133
偉大な「正直」のために命を賭けることもある　135
人間は自分のあらゆる発言に責任を持たねばならない　136
誰でも「最後の砦」を持つべき　137
贅沢に仕事を選り好みするなどもってのほか　138

第5章　歯応えのある関係
人のために犠牲を払う

絆とは、他者のためにいささかの自己犠牲を払うことである　142
また、絆とは相手のために傷つき、血を流し、時には死ぬことである　142
〝中年の子供〟の未成熟さが世間を歪めている　143
言葉に用心している人は、実がない　144
嘘は私利私欲のためにつくから意味がある　144
子どもがかわいいなら、あきらめて手放すこと　147
死を前にしたときには、愛しかない　148

結婚とは相手の総てを我慢して、引き受けることである　149
日本人は愛について語るのが苦手なようだ　150
愛は怖くてむごい。だから尊い　151
人は誰しも神と悪魔の中間で生きている　152
「群れる」は「友人関係」とは違う　153
日本は「徳の心」をすっかり無くしてしまっている　154
度が過ぎる愛情は、ひどく邪魔なものになる　155
別れてホッとしたというなら、その離婚は成功だったといえる　156
限りある人生を憎しみの情念で過ごすのはもったいない　157
東大を出ても日本語を正確に使えない日本人がどこにでもいる　158
人と付き合うには責任と用心が必須であることを覚えておく　159
学歴は、生きていくうえでほとんど何の意味もない　160
「お金の関係」で友情は簡単に崩れる　162
自分のための権利を「どうぞ」と差し出す　163
男より女の方がはるかに上を行っている　164
一人の男にとりつき、煩わしさと恐ろしさを覚えさせるのは、まぎれもなく母親　167
嫁と姑は永遠の天敵　167
結婚は退屈と孤独を救えるか　168

何の代価を払わなくても与えられることがあるのが「愛」 169
「いいえ」を言う勇気を持つと、とたんにこの世は生きやすくなる 170
戦争や天災で人を見捨てても、決して卑怯なことではない 171
いかなる美徳も完全ではないことを知ると、人は思い上がらない 172

第6章 人間としての分を知る
人生の原型は不幸と不平等

運、不運を見れば人生に平等などありえない、だから運命を考えて使う 176
耐えぬいた経験は個性となってその人を輝かせる 178
幸福を感じる能力は不幸の中で培われる 180
人から受けたら与え返す 181
差別と格差がない社会などどこにあるだろう 182
自分の不幸を特別と思わないほうがいい 185
「運が悪い人生」は自分の心がけの中にある 185
人は底まで落ちてしまうと、一条の光を見つけることもうまくなる 186
「評判のよくない人」は才能が抜きんでている場合が多い 187
植物は自分の命を捨てて、他者を生かすことを認める 188

物事の善悪は即断できない 189
日常生活以上のものを持つと負担に耐えられなくなる 190
「世の中のショウコリモナイ連中」の夢の中身 192
どんな人もお金には惑わされる 193
適当に怠けて自分の心をのんきにすると、人に寛大になれる 194
一家団欒の食卓の崩壊が意味するもの 195
「善評」に比べて「悪評」がある方が楽に生きられる 196
人間は悪に対する甘美な思いと、善に対する憧れを同時に持っている 198

第7章 大人の老いの心得
神の贈り物として孤独と絶望を味わう

高齢者には、我慢と礼儀に対する教育をしなおした方がいい 200
老化の目安は「その人が、どれだけ周囲を意識しているか」という点にある 202
働いてこそ一人前、老いても同じことが言える 204
死んだ後のことはきれいさっぱり何一つ望まない 205
昔の老人は他人や国に頼らず知恵を絞って生きた 206
「安心しない毎日を過ごす」のが一番のぼけ防止である 206

アフリカでは老人の孤独死はありえない 209
神の贈り物として孤独と絶望を味わう 210
最期へ静かに変わって行くのが人間の堂々たる姿勢 210
老人といえども自立しなければいけない 211
このまま、老人に優しい社会など継続できるわけない 214
一人になった時のことを、繰り返し考え準備する 215
年をとっても少し無理をして生きる 216
「年寄りをどう始末するか」を国も医学界も何もやっていない 217
死ぬ日まで自分のことは自分でする 218
自然の中では人間の死は何と軽いものだろう 219
人間は誰もが「思いを残して死ぬ」 220
老人に残された、唯一の、そして誰にでもできる最後の仕事 221
精神の完成期を全うする意味 223
この世が上質なものになり、運命に深く感謝する時 223
あらゆることに深く絶望し、思い残すことなくこの世を去る 225
死を前にして初めて最も大切なものに気付く 226

出典著作一覧　228

装幀・本文デザイン／塚田男女雄（ツカダデザイン）
著者撮影／篠山紀信

第1章

覚悟の育て方

私たちは生かされ生きている

日本人はいつからか物事を正視する力を失った

日本は世界でも有数の、長期の平和と物質的豊かさを誇ることのできる国になったが、その目的に到達すると共に、自身で考える力、苦しみに耐える力、人間社会の必然と明暗を、善悪を超えて冷静に正視する力を失った。

『生活の中の愛国心』

自分に不都合なことが起きると、すぐに誰かのせいにする

日本では誰もが、本や新聞を読める教育を受け、しかも経済、政治、社会のあらゆる面から自分で生き方を選択できる。それなのに、未だにすべての結果を人のせいにする空気が残っている。

援助交際で殺された場合、もちろん悪いのは殺した側だが、僅かにせよ、殺された側

にも非はある。それを言わないから、予防的措置ができないで犠牲者が増えるのである。
『人生の旅路』

日本人はすべて自分の身に起きた悪いことは、必ず誰か他人のせいだ、そして補償されるべきだと考えるようになった。時には天災の原因さえも、時の政府がそれに備えなかったのが悪い、と考えるようになった。

人間の性の中に潜《ひそ》む邪悪な部分の存在を認識していれば、娘が夜遅く一人で町を歩いたり、酒を飲んで酔っぱらったり、男友だちの部屋を気軽に訪ねたりするものではないのである。その結果起きた災《わざわ》いでも、日本では女性に責任はないことになる不思議な社会だ。
『生活のただ中の神』

安易な謝罪でことが済まされる日本

日本人は、誰でもが、後悔して「ごめんなさい」と言った人に対しては許さなければならない、と思っている。キリスト教徒、仏教徒、神道を問わず、何でも信仰というものはそういうものだし、何一つ信仰を持たない人でもそうあるべきだ、と考えがちである。しかしユダヤ人たちはそうではない。指導者は「ごめんなさい」ではすまない。「ごめんなさい」と言うことを許されていない、と言うのである。

日本の国内だけで、お詫びが流行になっているのではない。国家間にも、謝罪をしろ、謝罪は済んでいないという非難がしばしば起きている。現代の謝罪の方法も変わってきたのだ。

第一、現代の多くの謝罪は、直接犯した人ではない人が、代わってお詫びすることを要求している。

南京でどの程度の虐殺があったにせよ、もはやそこにいたかもしれない当事者はほとんど生きていないか、大変な高齢者になっている。第二次世界大戦の時、日本軍が犯した罪を誰かが生きて謝罪するというのはますますむずかしいことになって来た。

『弱者が強者を駆逐する時代』

最近の特徴は謝罪の大安売り、謝ってさえおけばいいという処世術が世間に普及し、定着したことだ。

そもそもこの人たちは、ほんとうに悪いと思っているのだろうか。謝るということは、心から自分が改心しているから謝るはずなのだが、最近の謝罪は、浴びそうになっている火の粉を鎮めるための処世術になっているように見える。

『弱者が強者を駆逐する時代』

自分に責任のないことについて、日本人はよく謝っておくということをするが、それはむしろ、言いくるめておけばいい、という相手に対する無礼な態度であり、人から悪く思われるような損なことはしない、という計算から出た行為だと思う。自分の責任でないことは別に謝る必要はないのである。

『二十一世紀への手紙』

この世はいまも昔もずっと無残であり続けて来た

この世には、私たちが想像できないような過酷な生活がある。よく、日本人は豊かさを感じられないというけれど、それは、ほんとうの貧しさを知らないからなんでしょうね。今、自分の得ているものを冷静に、地球的視野で評価できないと、本当は損をしてるんですけどね。

『思い通りにいかないから人生は面白い』

この地球が今後どんどん悪くなるだろうから、子供など生めない、生まれて来る子供もかわいそうだ、という人もいますが、私はそんなことを思ったことはありません。この地球は昔も今も、ずっと無残《むざん》であり続けて来たのですもの。何も今に始まったことではありません。しかし昔と比べると信じられないくらいよくもなって来ているのです。

『別れの日まで』

時に思わぬ不幸に襲われても、誰かのために何かを「与えられる」人間になる

あっていいということではないけれど、日本は災害に遭う度に、人々の立派さを見せる。あるいは国力のあることを示し、しかも災難を教訓に換える能力も見せる。

しかしテレビでは識者が、政府の手当てが遅い、と言っている。私はこれでもすばらしく早い、と思っている。多数の被災者を何日も飢えに耐えさせるようなこともしていない。大局の治安も乱れず、地方の隅々にまで、大型小型の重機があるから、災害の片づけが信じられないほど早く進む。今回は大きな余震が続いたためにこの機能が乱れたが、本質的にはそういう態勢が整っている。自衛隊の給水車が、蛇口つきのビニール袋に水を詰めて渡しているのを見て、日本にはああいう便利なものの用意があることに感心していた外国人がいた。ヨーロッパの国では見たこともないものだ、という。

日本のマスコミには不思議な人が集まっていて、自国の政府の美点を言うと、そういう人は総理の「お友達だ」とか、与党へのおべっか遣いだと言う。国民が民主主義の原

理に従って合法的に選んだ政府に関しては悪口しか言わない。ともかくも、被災民に食べさせ、飲ませ、医療にかかれるように配慮できていることを、なぜよしとしないのだろう。

しかし私からみて、この能力の高い日本国民に欠けているものもある。災害時などに問われる「生き残り（サバイバル）の力」である。普段の豊かな暮らしが、その能力を奪っているのだろう。

この人生には、思いもかけない不幸が襲うこともあるのだ、という当然の哲学を、学校も親も教えないらしい。その時に人間を失わず、自力で生き延びる技術を持っている人は、今極めて少なくなった。智の蓄積のある年寄りまでが「まさか熊本がこんなことになるとは思いもしませんでした」などと言う。どこにでも、どんなことでも起こり得るのが人生なのに。

若者たちに必ず、戸外か、敷物や布団などもないただの床の上に寝る夜を体験させた方がいい。水というものは1日何リットルいるか。電気釜がない時、米と水の量はどれだけの比率で炊けるか。電気がなくなったら随時ブロックや石を利用して竈《かまど》を築き、あたりに散らかっている壊れた建物の残骸を利用して煮炊きすることを思いつかせなければならない。汚い水を安全に飲む方法を教えることも必要だ。健康な成人や老人たちが、座して食物の配布を待つ光景はあまりにも情けない。被災時には、被災者といえども何らかの任務を与えられて働く光栄を分け与えられるべきなのである。

『産経新聞』コラム「透明な歳月の光」２０１６年５月10日

どんな時でも物事の両面をきちんと見る

現実に還れば、私たちの世代は国家が、戦争や災害の結果としての犠牲や損害に一切の補償をしなかったことを覚えている。戦争という暴力の中で、かなりの貧困を知り、飢えも不潔も社会のゆがみも見た。それらはいいものではないが、やはり偉大な教育材料だった。しかし今の教育制度は全く違う。

これは一つの例外かも知れないが、東日本大震災で被災し、その後の東京電力福島第一発電所の事故のために自宅に戻れなくなった地域の人が、近隣の都市に移って仮住まいを始め、その補償として大人から子供まで月十万円の補償を受けるようになった。失業していれば毎月それだけもらえるのだという。だから誰も働こうとしない。そのような家の子供が、転居先の町で、タクシーを乗り回していると先日教えてくれた人がいた。

この手の話は無責任な噂話かもしれない。しかし今の日本では、被災者の中にも、立派に運命に耐えている人と、一部に補償という名の生活保護によってすっかりうまい目に遭う事を覚えた人とがいることはほんとうだろう。被災者だということだけで、現在一切の批判はできなくなっている空気を作ったのは、主に新聞である。

私が度々書いていることだが、文化大革命以後の中国を絶賛し、その言論弾圧も見て見ぬふりをして、一時は北朝鮮を楽園のように報じ、それらの国に対する私たちの自由な批判を紙面に載せることを自発的に拒否したのは、実は大新聞と或る種の雑誌の記者たちだけだったのである。

今も新聞は、被災者に対する批判はほとんど載せない。それだけで人道的でない、と思われるのが怖いのだ。しかし真実は真実だ。

『老境の美徳』

戦争は忌避すべきものだが、そこからも学べた

私の幼時は、決して幸福で順調ではなかった。父母は不仲な夫婦で、私は家を火宅と感じていた。つまり家は安心して休めるところではなかったのである。

戦争はもっとも強力な破壊的な力だった。私のローティーンは、アメリカの艦載機や爆撃機による空襲、戦争の結果としての貧困が、その主な記憶である。音楽や映画に夢中になるとか、きれいな服を買ったりファッションを夢見るなどという生活は、考えたこともなかった。

しかし私たちはその中で充分、人間として鍛えられていた。

戦争はどこから見ても忌避《きひ》すべきものだが、全く意味がなかったわけではない。私たちは苦労して、そのおかげで大人になった。

『なぜ子供のままの大人が増えたのか』

✤日本に生まれたというだけで、人生は半分以上成功だ

いつも私が言っていることだが、電気がない土地には民主主義はない。そこにあるのは、民主主義とは全く方向の違う部族社会である。彼らは何百年も、そのような社会形態の中で生きてきたのだ。そこでは、女性たちは封建的な部族社会の掟に縛られる。すべては一族の男性の意志の元に動く。結婚も部族の中で親族の意志によって決められる。大人になった女性は、親の家から婚家先に移ると、その家の囲いの中から、死ぬまで出られない国もある。保守的なイスラム教徒たちの社会では、女性は大人になると、異性と付き合うことを許されず、自由な恋愛なども、危険なしに体験することはない。

今でもイスラム圏の国の中では、姦通すれば石打ちの刑に処せられるという記録もある。夫や息子が、姦通した妻や母の、半分土に埋められた体の頭の部分に向かって、頭蓋骨が砕けるまで石を投げて殺す公開死刑を行なっている国もある。

或る時、途上国をよく知っている日本の外科医が若い医者たちに言ったことがあるという。

「何の理由もなく日本に生まれたというだけで、君たちの人生は半分以上成功だった。砲撃に遇う危険を冒して水を汲みに行ったり、重い思いをして運ばなくても、清潔な水が飲める。飢えもしないし、一円もなくても医療行為は受けられる。教育も国家がしてくれる」

日本にも時々大停電があって、大人から子供まで、充分に安全に供給される電気や水の恩恵を、骨身に染みて知る機会があったらいい、と私は本気で思っている。

『週刊ポスト』「昼寝するお化け」2010年11月26日・12月3日合併号

人間の自立の証とは「与えること」

日本人には「受けることだけでなく、与えることが人間の自立の証である」ことを改めて認識してほしいですね。

『幸せは弱さにある』

プロとしての覚悟を持つ

以前、わが子の入学式に出るために、自分が教える学校の入学式を欠席した教師がいましたね。いろいろ考え方はあるでしょうが、私は、自らの仕事に全責任を負いたくなかったら、そこに就職すべきではない、という意見なんです。

小説家もそう。プロの書き手になったら、たとえ家族が病気でも、締め切りに合わせて書くのが当たり前です。そんなことは馬鹿らしい、嫌だという人は、原稿料をもらうプロの作家にならなければいいんですから。アマチュアなら「私、今日は気が向かないから書きたくないの」とか「子供が熱を出したから」で済むわけです。

しかし職業としてお金をもらう、ことに公務や人命に関わる仕事に就く人間であれば、親の死に目に会えないことぐらい、覚悟しておかなければいけません。

『Voice』「(対談)曽野綾子／山田吉彦　断末魔の韓国経済」2014年7月号

人間として恥ずかしい他者への「三つの要求」

この世で、人間が他者に要求してはいけないものが三つある。「自分に謝れ」と言うことと、「自分を尊敬しろ」と言うことと、「人権を要求する」ことと、この三つである。

これら三つは要求した瞬間から、相手に侮蔑の念を抱かせる。尊敬に値する人は決して「自分を尊敬しろ」とは言わないものだし、「人権」は要求して与えられるものではない。人権を要求して得るものは、金か、冷たい制度だけである。しかし愛は違う。私たちは温かく包み込むような愛を贈るべきだし、愛を与え合う存在になるべきである。「自分に謝れ」というのも最低の行為だ。謝れと言わなければ謝らない人に謝罪させる方法は、法以外にない。口先だけでいいなら、人はすぐ謝る。しかし同時に軽侮の念が発生する。個人の関係でも国際関係でも、通常「謝れ」という時は、「金を出せ」ということなのだが、世間的秀才でもそれがなかなかわかっていない。

『産経新聞』コラム「正論」2001年1月7日

人生には裏の裏、そのまた裏がある

人間社会のことは、決して単純ではありません。建て前と本音があって当たり前。人の言葉や行動には裏もあり、裏の裏もある。裏があるから、人生は補強されるのです。日本人は、すべて単衣《ひとえ》で裏表がないから、厚みもなければ強くもない。

こんなことを口にするだけで、「じゃ、政治家がうそをついたり、政治的理念などほったらかしにして派閥作りに狂奔《きょうほん》するのがいいのですか」などと言われてしまう。でも不純にもいろいろあって、下世話な言い方をすれば、下等なものと上等なものがある。不純というと、一つの概念しか教えられないというのが、そもそも幼稚なんですね。

『日本人はなぜ成熟できないのか』

疑いの精神が私を育てた

私が人より持っているものがあるとすれば、それは疑いの精神。私はそれも才能だと思っています。信じる才能を持つ人もいれば、私のように疑いの精神を持つ者もいる。それが役に立ち、生きる力になることもあるんですよ。

『毎日が発見』「つらいことも乗り越えられる私の生きる力」2011年11月号

国家の一員として個人情報処理を受け容れる

現代社会の便利さを使って暮らそうと思うなら、個人を国民の一人として数字や記号で登録しなければ、処理できなくなるだろう。個人の存在をいささかも国家に知られずに、社会的な便利さや恩恵だけを利用しようとするのは、もともと無理な話なのだ。

もし絶対に個人生活を知られたくなかったら、出生届を出さないほかはない。

それでも現代社会では生きられないことはない。国籍がないと義務教育を受けられないだろうが、学校に行かなくったって、親が少し金持ちで読み書きの基本を教えれば、独学で勉強する手はいくらでもある。小説の書き方だって、小説大学というのはないのだから、皆独学だったのである。

『週刊ポスト』「昼寝するお化け」２０１６年１月８日号

数年前の日本では、指紋登録は人道に反する、という声が熱に浮かされたように高かった。市民運動をしている人たちだけでなく、カトリックの神父にさえ、その運動に熱中している人がいた。私は当時からずっと、日本国民全員が登録することに賛成だった。そうでなければ、どういうふうにして、「私が私であって、他人ではない」ことを証明できるのか。今は整形美容が発達して、同じ人とは思えないほど美人になれたり、アザやホクロやシミやシワもとれるという時代なのだから、写真はあまり信用できない。

さし当たり、二十歳になって選挙権を有するようになる時に、すべての新成人が登録する。その後、一定の期間に、すべての日本人が登録する。それなら、「外国人に対する差別だ」などという奇妙な論理もなり立たないだろう。

おかしな人道主義の結果、北朝鮮の辛光洙《シン・グァンス》というような工作員が易々と日本に入って来て日本人になりすまし、横田めぐみさんを拉致できるようなルーズな体制を作ってしまった。

そもそも近代国家で私たちが必要とする福祉、義務教育、安全などのあらゆる機能は、すべて個人の確認を可能にした上でなり立つ制度である。そうでなければ、「恩恵」の乱用が起きる。

どうしてもいかなる個人情報も知られたくないなら、出生届をせず、義務教育も受けず、健康保険もなしに一生、借家で暮らせば或《ある》いは可能かもしれない、と私のように法律にも経済にもうとい者の想像力はその辺までが限界である。


『産経新聞』コラム「正論」2006年5月8日

「安心して暮らせる社会」なんてありえない

たまたま、数日前、或る人が、

「おもしろいんですよ、或る地方で、全く違う三つの党の三人の候補者が、超党派で口を揃えて《正直者がバカをみない政治》をすると言っていました」

という話をしていたが、私の聞いた範囲にもでて来た。

何という貧しい発想であろうか。いつの間に、日本人はそれほど、功利的になったのであろう。いつから、トクをすることだけがいいことで、ワリをくうのはいけないことだなどという精神不在のひ弱な風土が蔓延したのだろう。「正直者」と言われる人は、もしそれが本物なら、損をしないから「正直」にしているのではない。本当の正直者は、バカをみるみないとは別の時点で生きるのである。バカをみたくない正直者などというのは、ただの、計算と立ちまわりのうまい人に過ぎない。

金権政治は、それをやった政治家だけの罪ではなく、金権政治をなり立たせた我々の側にも責任がある。それと同様、不正確なうつろな言葉を、政治家たちに言わせる責任も私たちに帰せられるべきであろう。

『辛うじて「私」である日々』

政治家は選挙になると決まって「国民のみなさまに、安心して暮らせる社会をお約束します」などと言います。

これを聞くたびに、「できない約束をするな。そもそも、人が安穏《あんのん》に暮らせる、そんな社会などありえない。絶対に死なない人生を約束するようなものだ」と私は思い続けていました。

そんな見えすいた嘘にだまされる高齢者もたくさんいて、安穏な暮らしを要求するようになってしまいました。それで、無策な行政に対して「年寄りを殺す気か！」などと声を荒げる場面が噴出したのです。日本の、ひいては人間の愚かさですね。

『幸せは弱さにある』

なぜ靖国を踏み絵にしてはならないか

戦後の一部の日本の政治家が、中国などの眼の色を窺《うかが》い、ついに靖国を見捨てたことは、やはり私の大きな失望だった。A級戦犯が合祀されているからなどというのは、一つの言いがかりだ。たった二十五人のために他の二百四十六万六千人を見捨てることはできないのが死者にたいする礼儀であり、道理だろう。その中には志願した朝鮮系、台湾系の死者もいた。私はその人たちに対しても感謝を示すために靖国に参るのである。その人たちは、近代日本国家の名のもとに命を捧げてくれた人たちなのだ。（中略）靖国の意味は決して軽くない。靖国は戦争観に関する、或いは個人的人間理解の、一つの踏み絵であり、表現である。歴代の総理が、中国などの顔色を窺って靖国を見捨てた時から、彼らは世界から舐《な》められたのである。「日本人は全く恐れるに足りない。脅せば引く連中だ。それならもっと居丈高に脅してやれ」となったのだ。

『働きたくない者は、食べてはならない』

凧は「重し」があって初めて強風の空に舞う

自由とは、自分がしたいことをすることではなく、するべき義務を果たすことだという。昨今増えつつあるフリーターを寛大に容認することには、いささかの問題もある。もちろんほんとうに職のない人もいるが、青年もまた社会人としての義務を果たさねばならないからである。一定の年になったら、自分の将来を設計し、親の晩年の生活をみるのが義務だろう。逆説的だが、人間としての義務に縛られてこそ、初めて凧は悠々と悲しみと愛を知って空を舞う。

最近はボランティア活動も盛んだが、気になる傾向もある。

ボランティアは、身近な人から手を差し伸べるのが順序だが、遠くの人、常にマスコミのハイライトを浴びているような面にだけ、馳せ参じたがる人もいる。ボランティアは、まず自分の親兄弟や、隣に住む老人など、身近な人の困窮を常日頃から見捨てないことだ。

凧の糸は失敗、苦労、不運、貧乏、家族に対する扶養義務、自分や家族の病気に対する精神的支援、理解されないこと、誤解されること、などのことだ。それらは確かに自由を縛るようには見えるが、その重い糸に縛られた時に、初めて凧は強風の青空に昂然と舞うのである。

『産経新聞』コラム「正論」２００３年５月16日

死に時を、どんなに考えても予定通りいかない

死ぬ前から死ぬことを恐れたり、どんな死に方をしようか考えたりするくらい、バカげたことはないと思うわ。死に方なんて、自殺以外、予定通りにはいかないものなんですよ。

『飼猫ボタ子の生活と意見』

年長者が成熟していない社会

私の夫は九十歳近くなってからでも道端で、バギーを押しながら買い物袋を提げて子供を抱いている母親が数段の階段のところにさしかかると、さっと走って行って手を貸すし、列車の中で女性に「荷物を棚にお置きしましょうか」と声をかけることをする。

そういう男性が日本ではめったに見られなくなったのは悲しい。女性に手を貸すどころか、最近は、いい年をした男性まで、電車に乗って来るなり、我先に座ろうとするの

である。

今の男性は、教会で帽子を取ることも知らない。レストランで帽子をかぶったまま食事をしている人もいる。男性は屋内では帽子を取るのが礼儀なのだ。スープを音を立てて飲んだり、サラダの皿を持ち上げて食べたり、パンを千切らず大きなまま齧《かじ》りつく。両隣の人にまんべんなく心を遣って、それぞれに適した話題で静かに会話をするという義務も果たさず、ただ黙って食べている男性もいれば、大きな声でしゃべり散らす女性もいる。

私は、そういうことをほとんど学校で躾けられた。駅や廊下で子供でも走らないこと、大声でしゃべらないこと、などを教えられたのである。

日本人は親がダメで教師がダメで、模範となる老人がいないから、若者の社会性が育たないのだろうか。

電車に乗れば、席を詰めもしないで、なんとなく二人分の座席を占領している男女を見ない日はない。人前で平気でお化粧をしたり、歩きながらものを食べたり、下着が見えそうな短いスカートを履いたりしている。外国で暮らしている知人は、日本の女の子の服装を見て、「まともな女性が着るものじゃない。どうぞ襲ってちょうだい、と男にアピールしているようなものね」と言うのである。年長者は本来、そういうことを教えてやらなくてはいけないのである。

『老いの才覚』

受けるばかりで与えられない人はだんだん腐ってくる

人は受けて与えることで成熟するんでしょうね。いただいたら、お返しする、というのが大人です。呼吸にしても、息を吐かなくては吸えない。食べ物の摂取と排泄もそうでしょう。やはり適切に出さなくては取り入れられない。もらうばかりだと、過呼吸とか便秘とか、ろくなことになりません。与え足りない人を見ていると、不思議と、だんだん腐ってくるような感じがします。

『思い通りにいかないから人生は面白い』

「自信がないから周りと比べる」それが日本全体を覆っている

現実の日本人はその能力を少しも出し切っていない。原因は簡単だ。自信がないのである。

自信をつける方法も簡単だ。それは国民すべてが、主に「肉体的・心理的」に苛酷な体験をすることである。この体験に耐えたことがないから、自信がつかない。自信がないと評判を気にし、世間並みを求める平凡な人格になる。今の霞ケ関の多くの役人が、前例ばかり気にする理由である。

家の中では、決まった番組以外テレビのだらだら見をやめる。それで家族の会話も戻り、落ち着きない子供の性格も改変され、時流に流されない家族の覚悟が生まれる。時間を見つけて本を読む癖をつける。テレビやマンガでは知り得ない知恵が、読書によってだけ得られる事実を教えるべきである。

暑さ寒さに耐えられる。長く歩ける。重いものを持てる。穴掘りなどの作業ができる。空腹にも耐えられる。何でも食べられる。そうした人間を、作らねばならない。

家庭では自分の家で料理をするべきだ。外でおかずを買うことは恥であると教えねばならない。料理は教育、芸術、社会学の一部である。工夫と馴れができ、家族が皆で手伝えば素早くできる。

子供たちに、暮らしていけるのにぜいたくを求めて売春婦まがいの行為をするなら、人間をやめろと言う方がいい。電車の中で化粧をし、ケータイを見つめるような生き方は、世界中の国で侮蔑される行為だと誰も教えないのだろう。

危険を察知し、避ける知恵を持たせねばならない。停電したらどうするのだ。すべての民主主義は停電した瞬間から機能しなくなることを知っている日本人は少ない。

私はすべての生活は苛酷だと思っている。そのあって当然の苛酷を正視し、苛酷に耐えるのが人生だと、一度認識すれば、すべてのことが楽になる。感謝も溢れる。人も助けようと思う。自分の人生を他人と比べなくなる。

これらをやるだけでも、多分日本はかなり変わってくるのである。

『人生の収穫』

時には人間の命に優劣をつける差別もある

一人の人間の命は、地球よりも重いどころか、十人の命を救うために、一人を犠牲にすることは、今まで数限りなくあっただろう。最近でこそ、「トリアージュ」（治療優先順位の選別）という行為が合法的なものとして認められるようになったけれど、そもそも事故現場に、軽症から死に近い人までさまざまな段階の負傷者がいるような場合、救えそうな人から救出して、希望のない人は後回しにする、ということは、致し方のないことなのである。しかし日本人の中には、あくまで平等に全員を救え、そこに優劣をつけるのは差別というものだ、と主張して平気な空気が常にあったと私は思う。

『想定外の老年』

歩んで来た道のりの厳しさをたじろぎながらも未来へ希望を紡ぐ

私たち人間はすべて生かされて生きている。

誰があなたたちに、炊き立てのご飯を食べられるようにしてくれたか。誰があなたたちに冷えたビールを飲める体制を作ってくれたか。そして何よりも、誰が安らかな眠りや、週末の旅行を可能なものにしてくれたか。私たちは誰もが、そのことに感謝を忘れないことだ。

変化は、勇気と、時には不安や苦痛を克服して、実行しなければ得られない。

私たちは決して未来に絶望していない。

道は厳しい。しかし厳しくなかった道はどこにもなかった。だから私たちは共通の祖国を持つあなたたちに希望し続ける。

『生活の中の愛国心』

第2章

日本人を蝕むもの

日本社会に約束された荊の道

「大人の話」ができない幼い日本社会

たいていの人は、かなりの善といささかの悪とを合わせ持って生きる。かなりの悪といささかの善という取り合わせで生きる人だって、それほど悪人というわけではない。しかしいささかの悪のあることさえ日本人は認めたがらない人が多い。だから大人の話がなかなか世間でできなくて、国際社会からもどこか子供扱いされている。

『それぞれの山頂物語』

愛国心は生活必需品と同じくらいのもの

以前から書いていることだが、「愛国心」というものは、大して崇高なものでもなく、唾棄《だき》すべきものでもない、と私はかねがね思っている。自分が生きるための権利、安全、空間、物資、などを確保することが愛国心だから、大して立派なことでもなく、それを持つのはいけないことだ、などという悠長な気分になってもいられない。愛国心を持って、自分の生きる場を確保することは、私に言わせれば鍋釜並みの必需品を確保しようという情熱と同じなのである。

私はカトリック教徒だから、別に神道《しんとう》に凝り固まった昔風の愛国者には成り得ないのだが、それでも自然に「自国のために」なることはしようと考えている。なぜなら、日本が成り立たない限り、決定的な不幸が私の同世代、子供や孫の世代を襲うことははっきりしているのだし、日本という国が安定して成り立っていてこそ、他国を救うこともできるのである。

『戦争を知っていてよかった』

国家という「人」はいない

国家という人はいないのだ。国家が悪人であったり、悪の根據《こんきょ》であることもない。

「国家」とは、私たちお互いのことなのである。だから自分がほしいと思い、思うことのために、又それを得たなら、金でも、労力でも、組織でも、流通機構を保つことでも、私たちが分《ぶん》に応じて出すか、そのために働かねばならない。そんな単純なことが、長い間日教組的な「要求することが、市民の権利である」という教育を信じこんだ人たちにはわからなくなってしまったのである。

『ただ一人の個性を創るために』

生きるのに必要なのは「力」である

世界の国々の生きる道は三つしかない、と私はかねがね書いている。圧倒的な政治力か、経済力か、それとも技術力である。いずれにせよ力である。力を悪いものと考える人がいるが、それは現実を見ていない人である。喧嘩の強いのも、長い道のりを歩けるのも、自分の命を他人のために投げだすのも、すべて力の結果である。人のために死ねるのは徳の力なのである。

『SAPIO』「お子さまの時代」2010年1月27日号

世界的レベルから見て日本は本当に貧しいのか

そして、最近の日本人は、「貧しい、貧しい」と言うのがお得意になっています。日本の貧困化が急速に進んでいるといわれますが、貧困というのは、今晩食べるものがないことをいうのです、世界的には。以前に比べて低所得になったかもしれませんが、世界の暮らしの水準から考えれば、日本国民は本当にいい暮らしをしている。そういうことをマスコミは冷静に見て、報道しなければいけないと思います。

『はるか・プラス』「3・11で変わるこの国のかたち」2011年9月号

私は五十歳を過ぎてアフリカの貧しい土地に度々行くようになってから、ほんとうの貧困というものを、何度もはっきりと見せられてきた。いつも言うことだが、貧困の条件はたった一つしかない。貧困とは「今夜食べるものがない」ことを言う。その条件に当てはまる人は間違いなく「貧しい人」である。

しかしそれ以外の、家のローンが払えない、子供を大学にやる費用の捻出がむずかしい、新車を買えない、などという理由は、世界的に見て全く貧困の条件にはならない。貧困の苦悩はもっと「積極的」なものである。何々ができない、という形は取らない。屋根が穴だらけなので雨に濡れて寝ている。一度お腹いっぱい食べてみたい。医者にかかる金がなくて死んだ家族がいる。埋葬の費用がないので家族の遺体を引き取りに行かなかった。そんな理由がまかり通っている社会を貧困社会と言うのである。

『人間にとって成熟とは何か』

多くの国は平和とは縁遠い生活をしている

地球上の多くの土地は、平和とは縁の遠い生活をしている。泥棒も強盗も誘拐犯もテロリストも、いて当然の社会である。

だから必然的に軍隊と警察は要る。「悪い人」は内側にもいるが、もちろん国の外側にもいるのが普通だから、軍と警察はいわば国家にとって当然備えなければならない防衛機能である。

しかし日本人の多くは、軍の存在の意義を口にしない。「みんなが平和を望めば、平和になる」「憲法第九条を守れば軍隊は不要」と思っている人がたくさんいるから、軍はいつの時代にも余計者で、紛争の種と思われてきた。

『安心したがる人々』

日本人は、戦争というと全面的に否定しますが、その存在を正視しなくてはいけない。戦争は悪だと思うのはいいけれど、悪は存在しているがゆえに学ばなくてはいけないのです。

『日本人はなぜ成熟できないのか』

今の地球上の論理は弱者を甘やかしすぎている

「発展途上国の援助なんて、砂に水撒《ま》くようなむだなもんですからね。百万円に相当する物資がかりに或《あ》る国に送られたら、そのうちの九十万円はその国の政府の役人の懐《ふところ》に入ってしまう場合だって珍しくない。まあ、形は違ってもいずれはその国に入るんだからという程度の期待ならいいでしょうけど、はっきり言えば死に金だよね。

僕はこのごろ自分からよくなろうという気力のない人間は死ぬほかはないと思うようになったな。それが適者生存の原理でしょう。今の地球上の論理は弱者を甘やかしすぎてますからね。

しかし僕のように思っている人がかりにいたとしても決してこのことは口にしない。そんなこと言ったら、こてんぱんにやっつけられますからね。僕はあなたには言っても、決して日本じゃこういうことは言わないんだ」


『時の止まった赤ん坊』

「与えられる」ことを当然とする権利の主張が精神の貧困を生む

日本人の意識からはいつの間にか、旅人や困窮《こんきゅう》者に恵むのは人間としての義務であるという部分が欠落してしまいました。「何とか力になってあげたい」と思うほどに親しくない相手なら、「何で自分がパンをあげなくちゃいけないわけ？」とばかりに断るでしょう。困っている人にパンと水を与えることが人としての義務だとは露ほどにも考えないからです。「そんなに困ってるのなら、国に頼めばいいじゃない」という感覚かもしれません。

なぜ、そうなったか。教育勅語にもちゃんと書いてある「兄弟《けいてい》ニ友《ゆう》ニ、朋友愛信《ほうゆうあいしん》シ」の精神を改めて教えなくなったことが、一つの原因でしょう。そうして「生きるために与える」という義務がどこかに飛んでしまう一方で、「与えられるのが当たり前」という権利ばかり主張する人々が増えるようになった。それが精神の貧困の元になっているように思います。

『幸せは弱さにある』

日本もいつかは堕落します。常に堕落の恐れがあります。それを自ら防いでいかなければなりませんし、東南アジアから習うことが、私はたくさんあると思います。人生ではすべての人が先生です。お互いに。だから日本の悪いところからも学んでください。いいところからも学んでください。それが私のあなたがたに贈る言葉です。

『生活の中の愛国心』

「精神や文化の雑居」に慣れない日本人の難民問題

シリア難民について、アメリカやオーストラリア、ニュージーランド、ブラジルは受け入れを表明しているが、それは多国籍で多様な文化を受容する国ばかりである。日本人のように「精神や文化の雑居」に慣れない純粋な人々が、何の準備もなく難民を受け入れたら慣れない「不都合」の連続に悩まされるであろう。それは日本に逃れてきた難民にとっても不都合なことに違いないのだ。（中略）

シリアの難民が日増しに膨れ上がり、アジアでもミャンマーのイスラム系少数民族・ロヒンギャ難民の受け入れを求める声が挙がっている。日本もその時、難民問題と無関係ではいられなくなるだろう。難民に対し、生活の格差はいけないだの、高等教育を受ける権利は平等だのと言っていると、難民を受け入れるまでに途方もない時間とお金がかかる。いま目の前にいる難民を助けるには、まず義務として「パン」を与えることから始めなければならないのではないか。

『文藝春秋』「難民受け入れは時期尚早だ」2015年12月号

「外国人とは居住だけは別にした方がいい」には訳がある

外国人を理解するために、居住を共にするということは至難の業だ。

もう20〜30年も前に南アフリカ共和国の実情を知って以来、私は、居住区だけは、白人、アジア人、黒人というふうに分けて住む方がいい、と思うようになった。

現地で聞いた話だが、南アのヨハネスブルクに一軒のマンションがあった。以前それは白人だけが住んでいた集合住宅だったが、人種差別の廃止以来、黒人も住むようになった。ところがこの共同生活は間もなく破綻した。

黒人は基本的に大家族主義だ。だから彼らは買ったマンションに、どんどん一族を呼び寄せた。白人やアジア人なら常識として夫婦と子供2人くらいが住むはずの1区画に、20～30人が住みだしたのである。

住人がベッドではなく、床に寝てもそれは自由である。しかしマンションの水は、1戸あたり常識的な人数の使う水量しか確保されていない。間もなくそのマンションはいつでも水栓から水のでない建物になった。それと同時に白人は逃げ出し、住み続けているのは黒人だけになった。

爾来《じらい》、私は言っている。

「人間は事業の研究も運動も何もかも一緒にやれる。しかし居住だけは別にした方がいい」

『産経新聞』コラム「透明な歳月の光」2015年2月11日

皮膚の色の優劣ではなく、アフリカの人たちと日本人とは、長い年月あまりにも違う暮らし方をして来た、と私は思うのだ。イスラムを信じる人たちと日本人も違う。それは誰の責任でもない。アフリカの人たちと西欧人や日本人は、二つのことを除いて何ごとも一緒にできる。学問も、研究も、ビジネスも、リクリエーションも、スポーツも、音楽も、他のすべてのことも、何もかも可能なのである。しかし二つのこと、結婚と、生活を同じ地域ですることは、できないとは言わないが、実に複雑なむずかしさがついて廻ることを覚悟しなければならない。イスラムの人たちと日常生活を共にする時も、うんと気を使う。彼らの食生活では豚肉は不浄なものだし、日本人はトンカツやトンコツ・ラーメンなしでは生きることを淋しく思う。

『貧困の光景』

日本という国の特殊性

日本人は、異なった生い立ち、宗教、文化、そして外見を持って育った人々が、共に暮らすことの難しさを知らない。

以前私は産経新聞のコラムで「もう二十〜三十年も前に南アフリカ共和国の実情を知って以来、私は、居住区だけは、白人、アジア人、黒人というふうに分けて住む方がいい、と思うようになった」と書いた。それは、異なった生い立ちや文化的背景を持つ者との共棲の困難さを書いたものだったが、朝日新聞が「アパルトヘイト（人種隔離政策）を許容している」と書きたてた。

私はアパルトヘイトのような罰則を伴うような強制的な人種隔離政策を取るべきなどとは一文字も書いていない。アパルトヘイトには、白人居住区に黒人が、黒人居住区に白人が入った場合には厳しい罰則があった。このような非人道的な居住政策を今の時代に薦めるはずもなく、事実上不可能なことである。

私たちは、人種を超えて、あらゆることを共にすることができる。学問、事業、スポーツ、娯楽。ただ居住だけは、宗教上の食物の違い、衛生感覚、家族観に至るまで、それぞれに違い、時にそれが日常の摩擦を生む。だからこそ、居住環境はそれぞれの価値観が近しいもの同士が共にしても良いのではないかと考えたのである。私の念頭にあったのは、民族やコミュニティがゆるやかに分かれて生活している居住環境であった。そしてそのような土地は、世界中の主な大都市には、必ず出現しているのである。

『文藝春秋』「難民受け入れは時期尚早だ」2015年12月号

世界的に見ても、人種差別は基本的に、まったく解決されていない。アメリカは自由平等だといっても、現実の社会にはＷＡＳＰ（白人でアングロサクソン系プロテスタントの略称）の支配がある。おもしろいことに、日本人は「人種差別はいけない」と言う時、自動的に自分を「差別する側」に立たせていますが、世界ではまだ黄色人種として白人から侮蔑されている側にいるんです。もちろん日本人がしばしば経済的先進国の人間として、白人扱いされていることは事実ですし、日本ではそれを自覚することも、差別の結果に困らされることもない。しかし、今のところそれで済んでいる、というだけなのです。

『日本人はなぜ成熟できないのか』

人は生き延びるためには、時には何でもする。

『Ｗｉｌｌ』「東日本大震災から一年！　生き残った世代のほんとうの使命」２０１２年４月号

日本に生息する平和主義をうたう珍獣

世界中、どんな土地でも、夫婦は喧嘩をする。親同士でも時には言い争いをする。ましてや言葉の通じない外国人との間だったら、商売をしようが、外交をしようが、ぎくしゃくしない方がおかしい、と私は思っているのだが、世間には「仲よし信者」のような人がいて、もう中年で充分に分別のある人でも「皆が平和を願えば平和になる」などと信じたり、イスラエルとパレスチナとの間の紛争についても「よく話し合えばいいのに」などと、のんきなことを言っている。

私など厳しい生活を内外に見て育ったから、仲の悪い親夫婦の間の平和をどんなに望んでもだめだったことを知っているし、貧しい国々の田舎をよく見たから、貧困が殺し合いの原因になることも、実感できたのである。

浮世ばなれした平和主義者は、日本に多く生息する珍獣のようなものだろう。

水も食料も不足している土地に住んだことのある人なら、願うだけで平和が来たり、話し合いだけでことが解決することはない、ということが自然にわかるのだ。水と食料を分け合う姿勢がなければダメだ。こんなことは字が書けない人にもわかるのだが、日本では大学卒でも、それがわからない。私がいつも、日本は「お嬢ちゃまとお坊っちゃま」ばかりの国だと言う理由だ。

『なぜ子供のままの大人が増えたのか』

一廉《ひとかど》の人間を目指す

日本人の多くは、もはや個性を持たなくなった。すべて人の言う通りの型通りの価値観にしがみつき、同じ時間のつぶし方をする。哲学もなく、気概もなく、本を読んで人生を変える努力もしない。与えることは一切考えず、「弱者に優しい世界」を要求する。子供がお菓子や玩具を買ってもらえないと、地団太を踏んで泣き喚くのと同じだ。

『人生の原則』

人間になるかセールスマンになるか

日本人ならまずきちんとした日本語をしゃべり、書き、読めねばならない。ある程度、日本の文化を知らねばならない。国語を使いこなせないような状態を作るということは、自ら植民地化を望んだことになる。

日本的な節度を保ちながら、独自の哲学を持つ言動のできる知識人を見ると、たとえ外国語ができなくても、どこの国の人からも、一廉《ひとかど》の人物として尊敬を受けるようになるものだ、ということは、国際社会では誰もが知っていることなのである。

人間になるか、セールスマンを目指すかなのだ。普通、人はみごとな人間になることを選ぶ。セールスマンの目標は、セールスの売り上げが伸びればいいのである。しかし順序としては、人間として厚みのある人になった上で、会社の業績も伸ばすことだ。日本に会社を置きながら、社内で英語をしゃべることをもってよしとするような会社には、人間を育てる意思もなく、重厚な国際人は育たないだろう。

英語がいささか使い物になる程度に上手になるのは簡単だ。中学高校で習う英語だけ、きちんとマスターしておけば、入社した会社の会議が英語だといわれても、すぐついていけるようになる。その期間に怠けてはいけません、と忠告しよう。

『国家の徳』

恐れを知らなければ人を理解することはできない

日本人は信仰や宗教について、恐ろしく鈍感で無礼である。そのようなものは科学的態度に反する無知なものだから、少々否定的に無視しても当然という感じである。

しかし信仰や宗教ほど怖いものはない。人が時には命よりも強いよりどころとしているものを、いい加減に扱うということは、その人に対する非礼だし、そのような不用心な感覚で国際化などできるわけがない。

信仰や宗教だけではない。私たちは恐れを知る者にならなければ人間を理解できないし、若い世代を、恐れも知る者に教育しなければならないのである。もちろん恐れを知るということは、相手の言いなりになるということではない。しかし違いの存在を骨の髄まで知ることである。

日本の援助交際と途上国の売春

日本の援助交際は薄汚いが、途上国における売春は、強い必然の響きを持っている。つい先日も、私は夜中にふとつけたテレビで、一人のアフリカの女性が、公然とテレビの前で語っているのを見た。

「コンドームをつけたら一・四よ。でもコンドームなしなら四だから」

数字も正確ではないのだが、そんなような内容である。番組を途中から見たので、それがどこの国かも、貨幣の単位もわからない。ただアフリカのどこかだということは、服装でわかる。彼女は、三人の子供を育てるには売春しかない、と言うのである。だから エイズの危険を知っていても、それを考えていたら、餓死するということだろう。人は将来を、ではなく、まず今日と明日を生きるのだ。

怠け者は食べてはいけない

今の先進国の病状は、働かないのに（働けないのに、ではない）食べさせろ、と言う人間が増え過ぎたことである。もちろん民主国家でも、原始的な村社会でも、本当に働けない人には誰もが食べさせることを考えるだろう。しかし基本的に怠け者は食べられないのだ、という原則を改めてはっきりさせるのは悪くない、と思う。

『貧困の光景』

マキアヴェリの教えは今に通じる

今、拉致問題以来の北朝鮮との対応にいろいろ皆が苦慮していますが、マキアヴェリがもう五百年も前にすごいことを教えてくれています。

『人生の収穫』

「次の二つのことは、絶対に軽視してはならない。

第一は、忍耐と寛容をもってすれば、人間の敵意といえども溶解できるなどと、思ってはならない。

第二は、報酬や援助を与えれば、敵対関係すらも好転させうると、思ってはならない」

私はキリスト教徒でマキアヴェリの言うことに一〇〇パーセント反対しなければならない立場だけれど、現実は九〇パーセントこの通りです。


『日本人はなぜ成熟できないのか』

プロスポーツ選手に道徳的人格は求めない

きれいごとばかりで、真実を言うのが怖いか、自分の心の中で自分をよく見せようという虚栄心が働いているかを認めない社会ができると、時々活火山にマグマが溜まるように、爆発するのである。それがトランプ人気だ。

アラブ語で書かれたマルタ島の格言には、

「正義はよいものだ。しかしだれも家庭ではそれを望まない」

というのがあるし、クルド人たちの格言には、

「あなたには名誉を。私には利益を」

というのがあるところを見ると、人間の中に共存するこの背反的な二面性が人間の本音だということを多くの人が認めている。しかしマスコミは実生活を伴わないから、競ってどんなおきれいごとも言える。その歪みを利用したのが、怖れ気もなく人間の本音を口にして選挙民に爽快さを与えるトランプ氏のやり口になったのだろう。


この人間の心の陰の部分が、どの家庭にも社会にもあることを、マスコミはほとんど書かなくなっていたのである。まず記者たち自身が、自分は道徳的な人物だという立場で書いている。そうでない、と書けるのは、私たちのような小説家だけになったのか。野球選手が覚醒剤に手を出しても（そのこと自体はもちろん願わしくないことだが）、こんなにもさわがなくてもいいと私は思う。野球選手にとって野球がうまいということは必要条件だが、道徳的人物だという保証は要らないだろう。そしてそれは小説

家も同様である。

『週刊ポスト』「昼寝するお化け」2016年3月11日号

人間も国家も存在する限り、絶えず罪を犯す

デモや平和集会や音楽会で、平和が確立できるものなら、こんな簡単なことはない。教育というものの本質は、実に人間をこの手の甘さから離脱させ、むしろ永遠に答えのない苦しみに人間を参加させることに、最後の悲痛な目的が置かれているようにさえ見える。

『二十一世紀への手紙』

反戦運動は、しないよりマシ、という人がいるけれど、私は、しないよりするほうが悪いと思っています。なぜなら、反戦運動に署名したり、鶴を数羽折ったり、反戦歌を歌ったり、デモに参加したり、黄色いリボンを胸に飾ったりするだけで、もう自分は平

和のために働いたような気分になるからです。何もしない人は、自分は何もしなかったという負い目を感じている。そのほうがずっと人間的だと思う。

人間も国家も存在する限り、絶えず罪を犯すものです。むしろ私は、自分の国家の「罪ある歴史」をそのまま冷静に明確に自覚しながら生きていくほかに、成熟した人間や国家を生きる方法はないと思っています。


『日本人はなぜ成熟できないのか』

「知る権利」は絶対で最大の正義なのか

最近の「何でも公開せよ」という空気には、もう辟易《へきえき》しています。「知る権利」もあるでしょうが、同時に人間には「知られない権利」もある。その部分がまったく認められずに、すべては「知られる権利」ばかりだということになると、どこか人間的におかしい気がします。

国防など、個人の「知る権利」より国家の「知らせない権利」を行使しないことには、効果を発揮しない。はっきりいって、機密費はその人に信頼があれば使わせたらいいものだと思いますし、公文書は公開するのが当然ですが、その経過まで知らせる必要はないと思う。

マスコミも何かにつけて、「知る権利」などというものを、絶対で最大の正義のように振り回すのはどうなんでしょうねぇ。

現実社会には、個人の権利を守ることが最高ではない、という価値判断もあるんですね。強力な肉食獣が多いアフリカの自然の中で、か弱いカモシカが生きるためには群の力を借りなければならない。

それと同じで、人間もまた集団で自衛しないと個人の安全や生命さえ全《まっと》うできないことがある。個人の権利をいささか犠牲にしてでも集団の利益を考えなければ、生命の安全はもちろん、日常生活の便益さえも確保できないことが多い、ということを認識すべきです。

自己犠牲はただちに天皇制や権力者の存在に結びつくなどという古い観念にいつまでもしがみついていると、広い意味で自分も他人も生かすことはできないと思います。

『日本人はなぜ成熟できないのか』

平凡な個人が人を助けるなどということは、本来不可能なことなのだが、それでも目の前にいる一人がほんの少しでも、幸せになることができれば、という程度のことでやるのである。そのためには、最低限、心か、労力か、お金か、いずれかを出さねばならない。そのうち、一番楽なのは、自分で出せる範囲のお金である。

『あとは野となれ』

人間は簡単に理性を失う、ということを承知しておく

「人間は、理性と良心とを授けられており、互いに同胞の精神をもって行動しなければならない」

と人権宣言は続ける。

しかし多くの民族にとって、これは全く無理な感覚だ。なぜなら、歴史的にも現状に

おいても、人間は長い年月にわたって簡単に理性を失い、良心などというものは初めから持ち合わせない人たちも決して珍しくはないことを示して来たからである。相手に良心があるなどと勘違いしていると、こちらが先に殺されることを、経験として知っている人は多い。

『酔狂に生きる』

日本人の精神は、どんどん幼児化していっている

この前も、「乞食がいて」と書いたら、大新聞が乞食は差別用語だから書き直してください、と言うんですよ。断じて、私は聞き入れなかった。現に乞食はいます。日本にはいなくても、世界にはいる。インドでは、世襲のれっきとした職業です。現実というものを認識して、世間がどう言おうとも、敢然《かんぜん》と乞食と書くべきです。

人には良いところもあれば悪いところもある。それを研究しないで、人間がわかるわけがない。しかしマスコミには、善人といわれている人の中に怪しげな部分があること

を表す勇気はほとんどない。ましてや悪人といわれている人の中に、思いがけない、輝くような部分があることなど書く信念はまったくない。たとえあったとしても、読者がそういう「不純な」書き方をするマスコミは正義に欠ける、と非難する。読者を失うと、新聞や雑誌は経営が成り立たないから、致し方なく悪人は徹底して悪人、善人は何をしても善人に仕立て上げる。そうして日本人の精神は、どんどん単純化し、幼児化していくんですね。

『日本人はなぜ成熟できないのか』

日本社会に約束された荊《いばら》の道

私は年を取って来たので、最近は日本の将来を憂う気持ちが次第になくなって来た。努力をしなかった当人が困るより仕方がないではないか、と突き放した見方をするようになったのである。

よく戦争を語り継がねばならない、などという人がいるが、体験というものは、当人さえ年々歳々記憶が薄れる。ましてや他人の体験した恐ろしい話など、初めから別人の意識に移し植えられるものではないのである。

うっかり語り部をくり返したりしていると、昔の講釈師のようになる。ここぞと思うところに軽薄な定型の語り口調ができて、聞いている人にほとんど感動を与えられないどころか、ぞっとするような気分にさせる。

恐怖にしても悪にしても、それを描写する時には個性と意外性が要るものだ。たとえば自分の生命を奪うかもしれない敵の爆撃機の編隊が翼を銀色に光らせながら堂々と東京の上空に侵入して来る時、一瞬にせよ、「あ、きれい！」と思ったり、消火のための水をバケツで運びながら、自分の好きな歌を歌うのをやめられなくなったりする。語り部の話には、そういう部分が欠落するから私は信じないのである。なぜ欠落するのかと言えば、こと戦争に関する限り、少しでも明るかった、おもしろかった、自分の心の成長にプラスになった、と言えば、それはまず不道徳なことと非難され、次いで嘘だと言われかねないからである。

最近の日本には、実人生の現実の部分がますます稀薄になって来ている。実人生というものは、必ず雑多な要素を帯びている。昔の人はそれを「楽あれば苦あり」とも言ったのだ。その逆もあって、英語の諺《ことわざ》には「すべての雲は輝く内面を持っている」というのがある。悪いばかりじゃないよ、ということだ。

現実の生活には、「今はこうです」という状態と、「こうあってほしいです」という希望的方面とが、ないまぜになっている。現実の自分はあまり美人とは言いがたい、と不満を持っている人は多分多いだろう。だからこそ美容整形が流行《はや》るのだ。女性なら美しくあらねばならない、と思っている人がいるから、希望も目標も生まれる。しかし現在の日本人は次第にこの不足、不満だらけの現実の生活を、政治の貧困だの、成功者や富裕階級だのの横暴のせいだとして許さなくなってきた。

『ＳＡＰＩＯ』「お子さまの時代」２０１０年１月27日号

第3章

教育という生モノ

少々お腹にあたって痛い思いをさせる

日本の教育は、大事なものを半分も欠落させた

日本においては、順境か富にしか、教育の意味を見出さない親と子を作ってきました。日本の教育は、半分を欠落させたのです。子供たちは、飢えも不潔も、貧困も運命に放置されることも、決定的な暑さ寒さも、知らなくなりました。

『生活の中の愛国心』

戦後の日本の教育は、子供に対して過保護でしたから、子供は親や周囲に甘やかされて、いつの間にか自分では何も決められない人間に育っていきます。学校が何を教えようと、間違っていると思うなら、各家庭でそれを正すべきなのですが、そんな勇気を持っている親はほとんどいない。そして、何かあると全部、人のせいにするのです。

規則がないと動けなくなってしまった原因の一つは、本を読まなくなったからでしょう。

『思い通りにいかないから人生は面白い』

少々お腹にあたって痛い思いをさせる

子どもたちに社会のいい面だけを学ばせようとすることは、私には考えられません。私は、悪いことからも学びました。戦争からも学びました。命の危険に遭うことからも学びました。それから、親の不仲からも学びました。だれもが食べ物がなく不潔であるという、国家的貧乏からも学びました。（中略）

ですから、貧乏だからもうおしまいとか、両親の仲が悪いからぐれた、なんていう子がいたら、私は出ていって、ぶん殴ってやりたいです。はっきり言って。家庭が歪《ゆが》んでいたら将来自分が作るはずの家庭はあたたかい円満なものにしようと思うはずです。

海外の貧しい家庭の子どもは、10歳にもならないうちから、本当に働いていますから。インドなどでは5歳くらいで働いている子どももいるんじゃないかと思います。

別に「日本の子どもも働きなさい」と言っているわけじゃないのです。ただ、そういうふうに働いている子どもは、ぐれたりしません。親や兄弟を自分が生かしてやっている、という自負がありますから。
人に「与える」という栄光を与えられずに育った子どもが、おかしくなるのです。ニートなんて、まさにそうです。幼いころから与えてもらうだけで、人に「与える」ということをさせてもらわなかった結果なのです。

『はるか・プラス』「3・11で変わるこの国のかたち」2011年9月号

子供の親離れはとりもなおさず教育の成功

教育というものは、一人の個人を、自立させることである。だから、子供が、一人で暮らしたがる、ということは、とりもなおさず、教育の成功を意味している。

『私を変えた聖書の言葉』

人を救うために自分の命を差し出さねばならない時もある

戦後の平和教育の中で、日本がかかわった大東亜戦争に対する批判が強く占めたのは当然のことである。

戦後教育の中で突出して印象的だったのは、自分の命、すなわち人権を守るのは、何にもまして大切なことだという日教組的教育だった。

もちろん誰一人として自分の大切な家族や自分自身が死んでいいと思うわけがない。しかし人生には、時に、人を救うために自分の命を差し出さねばならないこともある。

その判断の根據《こんきょ》は非常に難しく複雑だが、「戦時中の『国や人の為に命を捨てる』というような発想は、資本主義に奉仕するだけだ」という日教組的見方は、今でも人間の尊厳を傷つけたものだとして、強烈に私の印象に残っている。

今でもどの国でも、集団のために自己犠牲を果たした人の死を、決して貶《おとし》めたりせず、深く悼《いた》み、その犠牲を人間として偉大な行為だと判断し、それ故にこそ、その悲劇を再び繰り返さない、という教訓を残しているのだ。

『Ｗｉｌｌ』「その時、輝いていた人々」2015年8月号

いじめの責任はすべていじめた側にあるのか

いじめは決していいことではないが、この地球上のあらゆる土地の、あらゆる社会の、あらゆる人間の集団について回るものだ。だから親たちは、このバイキンのように遍在《へんざい》するいじめの心情に、子供たちが立ち向かうだけの強さと知恵を教えなければならないのだ。もちろん当節の親子関係の中では、親がいくら子供に教えても教育の結果が定着しない場合もある。しかしいじめられた子供が自殺すると、責任はすべていじめた側にあるとするのもまちがいだ。

『生活のただ中の神』

自分の心の中にもあるいじめを「楽しむ」という悪の根

日本の教育が抱える最も大きな問題は、教育制度を変えれば、いじめをなくすことができると考えている点にあります。制度改革、つまり政治の力で、いじめをなくすことは決してできません。

理由はふたつあります。ひとつは、およそ人間社会において、いじめのない世界はないということです。子どもであろうと大人であろうと、いくつになっても、どんな組織でもいじめはいろいろな形で存在するのです。

そしてもうひとつの理由は、いじめは「楽しい」ものでもあるということです。もちろん、いじめられる側にとってはたまらなく辛いことでしょう。しかし、いじめる側の精神が幼いと、楽しい、面白いと思う。

私たち人間の心の中には、いじめを「楽しむ」という悪い心根が確かにあるのです。それを認めて論議をしないとだめですね。

このように、人間の本質と繋がっているいじめを、人為的に設けた制度によってなくすことができる、あるいは減らすことができると考えるのは間違っています。制度の見直しだけでは、いじめ問題の根本的な解決にはとうてい至らないという認識を持つべきです。

いじめをなくすことができないならば、いじめに耐えて生きてゆける強い子どもたちをどう育てていくか。これこそが大切なのですが、そのことに教育関係者も政治家も、誰ひとり言及しません。

日本の教育の罪は「たとえ子どもであろうと、悪い心を持たない人はひとりとしていない」という事実から目を背けてきたことです。もちろん人には必ずそれぞれ良いところもあるけれど、同時に悪い面もあるということを教えてこなかった。問題はここにあります。

まず誰の中にも、いじめを楽しいと感じてしまう「悪」の部分があるのを認識することです。それがなければ教育は始まりません。重要なのは、その「悪」をいかにしてコントロールするかです。それが、人間として完成することです。そして又、その潜在的悪を凌駕するような、善良な温い心の根を、誰もが持っていることも改めて教えるべきでしょう。

『週刊現代』「曽野綾子はこう考える」2013年2月16・23日合併号

ある年齢から、教育の責任の半分は子供当人にある

昔から私はさんざん書いて来たことなのだが、最近興味を失って、書かなくなってしまったことがあるのを、この苛め問題から再び思い出した。それは一体教育というものは、誰に責任があるのだろう、誰がその子を教育するのか、ということだ。

幼い子供の教育の責任は、普通両親にある。親がいない子供だったら、育てている組織の責任者がその義務を負うだろう。

子供は小学校に上がると、年と共に次第に自我ができて来るものだ。それがはっきりするのが、多くの場合小学校五年生くらいの時のように私は感じている。もちろん人によって時期に差があることは言うまでもない。しかし小学校五年生ころになると、今まで優等生だったのに、精彩がなくなる子もいれば、反対にめきめき個性においても成績においても頭角を現して来る子がいる。私はそのあたりに線を引いて考えることにしたい。

つまりそのあたりの年頃から、子供たちの教育の責任を負うのは誰なのかということ

を、パイグラフで考えてみたい。するとパイの半分の責任を持つのは、子供当人だと私は考えている。

『風通しのいい生き方』

苛めに遭《あ》って、自殺するほど完全な敗北はない。死者をいたわるあまりか、その一言はどこからも聞こえて来ない。苛めはたかが同級生か、同じ年頃の連中がやることだ。地球がひっくり返るほどの重大事ではない。何とかしてやり過ごそう。それができないなら、学校にでも親にでも、警察にでも新聞社にでもぶちまけて、闘いを始めればいい。西部劇の流れ者が、悪党を相手に闘うのと同じ類の闘いをするのだ。それくらいの知恵は、小学校の高学年生にもなれば、ついているものだ。

苛めに対してだけではない。その後の長い人生において、自分の自我を形成していく責任者は自分なのである。親であっても、個としては他人である子供の、そこまでは面倒を見切れない。その時は見切れても、親は先に死ぬのだから、やはり自分に対して責任を負うのは自分しかないのである。自分を生かし、教育し、それなりの人生を終えさせる責任者は、やはり自分なのである。

『風通しのいい生き方』

人生は全部想定外

悪い方に転ぶのも想定外なら、よい方へ転ぶのもまた想定外です。私は小学6年生のときから小説家になりたいと思っていましたが、一時は完全に文学をやめようと考えたこともありました。ところが、通りかかった本屋さんで立ち読みした文芸雑誌に、私の作品が小さく取り上げられているのをたまたま見つけて、再び文学の道に戻ろうと決心した。全くの偶然が、私のその後の人生全てを決めたのです。

福島第一原発の事故では「想定外という言い訳は許さない」と言われましたけれど、これはおかしい。なぜなら、人はみな想定外の中で生きているからです。

キリスト教では人間は弱いものであって、永遠の時間の中の一瞬を生きる旅人にすぎないと考えている。だから、たとえいま豪邸に住んでいようと、よい暮らしがいつまで続くかは誰にもわからない。私は自分の親やキリスト教の教えから、人生は想定できないことだらけだということを学んできました。

『週刊現代』「曽野綾子はこう考える」2013年2月16・23日合併号

教師も親も、生活の術を子供に教えられなくなってしまった

暑さ寒さ、突然の気候変異、自然災害などにどう対処したらいいかということは、学校も教師も数えきれない。それは子供たちが、自分の毎日の実体験の中から発見して行く部分だ。少し教えてやることが可能とすれば、毎日いっしょに暮らす親が、その教育を引き受ける他はない。しかしその親たちの多くが、毎日の食卓や風呂の中やテレビの前でお喋りをするという形で、その手の教育をしなくなった。（中略）

親たちは本を読むことも、正しい日本語や敬語を使ったり書いたりすることも、家で料理することも教えなくなった。それらは親たちの責任なのに、学校の責任だという人さえいる。

『安心と平和の常識』

戦後約半世紀の間、私たちは子供たちに、受ける権利だけを教え、与える光栄についてはほとんど触れなかったのです。これはいわば乞食の思想のみを教えたことになります。

『生活の中の愛国心』

自分を教育するのは自分自身だ

教育というものは、人間を決して根底から変え得るものではない。ただしこれは、多かれ少なかれ教育にたずさわる人々にとって、唯一最大の禁句である。彼らは、自分の職業上の専門職としての立場からも、一種の美談好きの人々の心を刺激しないためにも、教育によって人間はどんなにも変わり得る、という見解をとろうとしている。しかし、私には、それは信じられない。知能の低い少年は、一生知能の低いままだし、華やかなことが好きな人は、どんな立場になっても、その好みを捨て去ることはない。教育によって変わったと見える場合も、それは他人の教育によって変わったのだとは私には思えない。それはその当人の自己教育によって変わったのである。そしてその当人の自己教育に、他人が少々手を貸しただけだと思う。

『絶望からの出発』

昔は「ばか」「能無し」「お前はもうやめてしまえ」と言ってもらって成長した

昔は教育でも、職業上の修行でも、「ばか」とか「能無し」とか「お前はもうやめてしまえ」などという言葉で罵られるのも致し方ないこととされていた。それらの言葉によってその人は自分を見極め、自分が賭けようとしている未来の賭けとは何であるかを考えるチャンスをもらったのである。確かに親や先生や師匠のいう通り、自分はばかで能無しで、やめた方がいいのだろうが、それでもこの道が好きだ、ということもある。それなら、その道と「心中」しようという決意である。

しかし戦後教育は、学習しようとする相手（生徒）から、希望を奪ってはならない、ということが原則になっていた。だからこの道は相手に向かないと思ってもなかなか口に出さない。その結果、親は盲信し、教師は言うのをためらうか余計な口出しをする必要はないと思い、生徒は親も教師も「大丈夫だ。いつか必ず成功する」というので、ますますその道にしがみつくということになったのである。

『言い残された言葉』

しつけは全部親から学ぶものだった

今の日本の教育に欠けているのは、相手の立場に立ってものを考えるという訓練を子供にしていないことだろう。対立している場合の解決法は、譲《ゆず》り合うことだ。それをしないと、とことん闘《たたか》い、傷つけ、最後には殺すことになる。

『幸せの才能』

学齢期までの子供のしつけは、親の責任です。挨拶ができること、単純な善意をわきまえること、我慢することなど、生活の基礎的訓練を終えて社会に出すのが、親の務めです。でも今の親は、それをまったくしないでしょう。最近でも、ひどい日本語を使ったり、「ありがとう」も言えない若者を見ると、こういう人の親というのは何をしていたのだろう、と思う瞬間がありますね。学校で敬語を教えてください、家事を手伝うように言ってください、などという親がいますが、とんでもない。

私は、親から全部、学びました。

『日本人はなぜ成熟できないのか』

近頃の日本人は、危ないことはすべて禁止するのが教育だと思っているんです。教師もそうですが、危険を承認しない親がいちばん悪い。道ですれ違った人にでも挨拶くらいするのが礼儀だと思いますが、親たちは、それも危ないからいけないと言う。挨拶がきっかけで誘拐されるか、レイプされるかもしれないというんでしょうね。「おはようございます」と言って、相手が「おはようございます。今日は、どちらにお出かけですか？」と聞いたら、そこから先は話してはいけません、としつければ済むことじゃないですか。

ひと頃、子供にナイフを持たせてはいけない、と騒いだことがあったけれど、それだって、ナイフの使い方をきちんと教えさえすればいいことです。（中略）

私たち夫婦は、孫が十二歳になった時、聖書とナイフを贈りました。ナイフは、決して人を刺すために使うものではない。むしろ自分や愛する人を守り、生かすものであり、闘いや戦争を招かないようにする覚悟を教えるためです。自衛もできない人は、世界的には一人前ではない。つまり迷惑な存在なのです。

『日本人はなぜ成熟できないのか』

ほんとうの教育はすべて「生のもの」でなければならない

ベイルートでは、パレスチナ人の難民キャンプで、六歳くらいの子供まで含む少年たちがレンジャー部隊と同じ銃剣術や綱渡りの訓練を受けているのを見たことがある。ほんとうに戦闘に使えるように訓練しているのである。つまり人が殺せなければいけないのだ。食肉用の動物を殺している子供、あるいはそれをまともに見ている子供たちは、それこそ世界中にいくらでもいる。自家用にも殺さねばならないし、父母が市場でそうしたトリや豚などを売っていれば、当然商売の手伝いをするためにも殺さねばならない。

しかし日本では、肉食は多くの人がしているにもかかわらず、理科の実験で蛙以上の高等動物を殺したらもうＰＴＡが騒ぎ新聞種になるという国なのである。自分たちがトンカツやステーキや親子丼を食べていることを、どう思っているのだろうか。自分の行動の源流を考えさせない教育というものは、考えれば考えるほど恐ろしいもので、それは思考の根がないことだから、たやすく暴走する力になりうると思う。

トリを殺すところを見せたからと言って、決して残酷な人間になるわけではない。

『三秒の感謝』

ほんとうの教育というものは、すべて生のものでなければならない、と私は思っている。生ということは、それを手に入れるために、金銭、労力、心遣い、時間などを見返りに払うことである。家の居間に坐ったままで、暑くも寒くもなく、少しは身ぎれいに着替える必要もなく、「電車賃」さえ払う必要もなく見られるテレビのオペラ・アワーでは、ほんとうのオペラを見たことにはならない。実際の私たちの生活は、しかししばしば偽物やインスタント食品で間に合わせなければならない場合もある。テレビのオペラ観劇もそうだが、ほんとうにその場に参加しない観劇では、教養が身につかないのである。（中略）

食事は体の空腹を癒やすために食べるという考えは、原始人のものだ。食事は、魂と肉体を同時に総合的に養う場なのである。だから、食事は食べると同時に会話をすることが大切なのである。しかしこういう基本的なことを、義務教育も教えない。

『言い残された言葉』

裏表があることが、人間の本質

人間は、うそをうそと認識しつつ、そのうその必要性、人間性、文学性、危険性、すべてを自覚しながら、それでもうそをつけるぐらいの多重性がなくてはいけない。しかし、日本の教育では、裏表があるのはいけないことになっている。

息子が小学生だった頃、或る日、担任の先生から、先生と、友達に対する息子の言葉遣いが違うのはよくない、裏表がある証拠だ、と言われたことがあった。敬語という存在さえ認めないわけである。私は、言葉にはさまざまな段階があって、それを豊かに使いこなすことこそ、文化だし、芸術だと思っているから、そんな単純な考え方は受け入れなかった。

『日本人はなぜ成熟できないのか』

私は、子供にも、際限なく深く裏表のある人間になって欲しいと思うのである。裏表のない人間という言葉は、本来は宗教に起因した美学から出たものである。誰にも見られなくとも、神を常に意識し、神に向かって、強烈に自分自身を晒《さら》し続けて生きることだけが、本当に裏表のない人間ということである。心と言葉、心と行為とがまったく同じ単純人間など美しくもなければ、偉大でもない。

誰もが愚かさを持つ。それが人間である

中学一年生の少女が、テレクラで知り合った中学教師に手錠をはめられ、彼の車で連れ去られようとする途中、逃れようとして車から落ちて死亡した事件で、あらゆる新聞は、この少女の責任にはほとんど触れなかった。

加害者が「あきれた教師」であることは当然だ。しかしこの十二歳の娘の行動は、セックスと金を結びつけた計算の上であった。少女は、その責任を全く問われないような初《うぶ》な娘、つまり弱者などでは全くない、むしろしたたかなティーンエイジャーであった。

この娘の父親が悲しみにくれて言葉もないか、「うちの娘も愚かでしたが、相手が無茶をしなければ愚かなまま生きていたでしょう」などと言ったら、私はまた深く打たれたろう。私たちは皆愚かな子供を持つ、愚かな親なのだ。しかしこの娘の父親は、ただ

『あとは野となれ』

堂々と中学教師を非難した。私は白けた気持ちになった。ものごとの不備を正視できるためには、「勇気」がいる。しかし発見すればそこに、温かい寛大な同感も悲しみも共有できる。しかし正視しないうわずった眼の孤独な大人ばかりが、亡霊のように怒りに満ちてうろうろしているのが現実である。

『なぜ子供のままの大人が増えたのか』

親は自分の満足のために子供を引きずってはいないか

諦めが必要なのである。というと、放置するつもりか、と言われるかも知れない。そうではないのである。つき放すのではなく、自分のではない、別の人生に対しては、じっと見守るのがルールのような気がする。子供のためという口実のもとに、親が自分の満足のために、子供を引きずって行く例を、私は見過ぎて来たのかも知れない。

『続・誰のために愛するか』

子供は、惚れて、ほめてから注意をする

よく、叱言《こごと》ばかり言っている父母を見ることがある。叱らなきゃダメだ、というが、私から言うと、それは順序が逆である。親はまず、親バカの名をかりて、子供に惚れなければいけないと思う。惚れて、ほめておいてから、

「こういう点だけなおせば、もっと人間に厚みがつくよ」

と言えば、子供もすんなりと聞くのではないかと思う。


『続・誰のために愛するか』

重大なことはすべて自分で決定して行動するしかない

考えてみると、世の中の重大なことはすべて一人でしなければならないのである。生まれること、死ぬこと、就職、結婚。親や先輩に相談することもいい。しかしどの親もどの先輩も、決定的なことは何一つ言えないはずである。

すべてのことは自分で決定し、その結果はよかろうと悪かろうと、一人で胸を張って引き受けるほかはない。本当に学ぶのは一人である。良き師に会い大きな感化を受けることはよくあるが、それも自らが、学ぶ気持ちがない限りどうにもならない。

『人びとの中の私』

むしろ、子供たちが、いつ迄もおとなしく、親の庇護のもとにいる、という状態の方が問題である。彼らはまだ生活に自信がないか、異常なほど計算高いか、親の生活を通して世の中に幻滅し、人並みな結婚生活をしたり、子孫を残したりする気力を失ったりしているかどれかである。これらはつまり親の教育が不成功に終ったということである。

『私を変えた聖書の言葉』

子供には、本来、人生は思い通りにいかないものだ、と教える

では、親は子供に最低限、何を教えるべきか。それは「人生には実に多くの想定外が

ある」ということです。

日本ではいつのまにか、「人生は幸せで楽しく、安全で希望に満ちている」と言わなければならない、という風潮が生まれているように感じますが、こんなのは大嘘です。「人生は希望が叶わないことのほうがはるかに多く、苦労の連続でもある」というのが真実です。でも、誰もそうは言いませんね。

私の母親は、いま思えばかなり変わった人でした。まだ小学1年生の私に、「もし将来、本当に食うに困った時には、盗むか、乞食をしなさい」と教えたんです。まだ、生活保護なんて制度のない時代ですからね。

いまだにはっきり覚えていますが「ただし、盗むならすぐ捕まるようにやりなさい」ですって。その場で警察に捕まれば、盗んだ品物もすぐ持ち主に返るし、その日から警察が多分何か食べさせてくれるから、というわけです。

「お金に困って自殺や心中をしようと思ったときには、その前に、お金を貸してくれそうな知人に、借金をお願いする手紙を書きなさい。ただし、相手が『しょうがない、少し工面してやるか』という気持ちになるような文章を書けなければいけない」ということとで、私は母に言われて毎週毎週作文を書かされ、書き終わらないと遊びに行かせてもらえませんでした。思えばこの体験が、その後の私の人生を決定づけたように思います。当時は国からの一切の援助、健康保険もない時代でしたから、母は「こうすれば最悪、首をくらないで済む」という知恵を授けようとしたのでしょう。今では感謝しています。「人生は本来、思い通りにいかないものだ。それでも、決して諦めてはいけない」と教えることこそが、親の務めだと思うからです。

『週刊現代』「ノーベル賞・大村智さんもそうだった『学校なんて、どうでもいい』」2015年10月24日号

人間の原型は卑怯者であることを忘れてはいけない

私は子供に教える場合、人間の原型は卑怯者であり、利己主義者である、ということを徹底させたいと願って来た。そしてたとえば人を助けるということは、そのために払ったものの大きさによるものであって、決してただ署名運動をしたり、デモに加わったり、わずかなお金を寄付したり、古着や米を持ち寄ったり、死ぬ危険のないハン

ガー・ストライキをするような甘いものではない、ということも教えて来たつもりである。

『二十一世紀への手紙』

学校なんてそれほど大切なものではない

最近は運動会でかけっこする時にも、なるべく順位を付けないようにする学校があるそうですが、順位をつけることは大事です。だって、順位がつかないと、自分が何が得意で何が苦手なのか、いつまでたっても分からないでしょう。ビリになることにだって、ちゃんと意味があるんです。私は学校の授業で得意なものはあまりなかったので、小説家になったのですが。

やっぱり、子供にとって一番大事なことは、友達と外を駆け回って遊ぶことでしょう。田舎育ちの子は羨ましかった。勝手に人のうちの庭の木に登って、栗を取って怒られたり、近所のおじさんに昔話を聞いたりできたそうですからね。そういう経験をすることで、学校では決して学べないことを、生身の人間を通して学べるわけです。ひとりの人間の人格が形作られるうえで最も大きな要素は、持って生まれた性格や能力、自分で自分を教育する意欲です。

次に大きいのが親で、学校と社会が占める割合は、それぞれ全体の8分の1以下だと私は思います。学校なんて、それほど大切ではない。それよりも、親から何を教わるかということのほうが、子供にははるかに大きな影響を与えるのです。

『週刊現代』「ノーベル賞・大村智さんもそうだった『学校なんて、どうでもいい』」2015年10月24日号

人にはそれぞれ与えられた能力と任務がある

最近私は、嬉しくてしょうがないんです。なぜかというと、今回ノーベル賞をお取りになった先生方が皆、東大出身じゃなかったからです。大村智先生も、決して優等生ではなかったと新聞で読みました。

確かに霞が関なんかには、東大法学部を出て、すぐれた記憶力と判断力を発揮して活

躍している人もいます。しかし、子供たちが全員、東大を目指す必要はありません。
キリスト教では、人は「神の道具」であって、それぞれに与えられた任務があるといいます。大工道具だって、ノコギリもあればカンナも、ヤットコもある。ノコギリとカンナを並べて、どっちが上か下かなどと比べることはないでしょう。ノコギリではカンナの仕事ができない。カンナにはヤットコの機能がないからです。人間もそれと同じです。

ですから、学校で皆が皆、同じ授業を受ける必要はないんですけどね。たとえば、英語と数学は必修科目でなくてもいいと思いませんか。アルファベットや、簡単な計算くらいは分からないと日常生活に支障がありますが、微分積分のような高等数学が、全員に必要だとはとても思えない。少なくとも私には、まったく要りませんでしたよ（笑）。物理も化学も音楽も美術も、イヤイヤやる必要はなくて、学びたい子が学べばいいんです。そのかわり、国語の勉強は全員にもっと必要です。また、強いて言うならば、哲学か宗教の授業や、体を動かす時間も必要でしょうね。

『週刊現代』「ノーベル賞・大村智さんもそうだった『学校なんて、どうでもいい』」２０１５年10月24日号

死については幼い時から学ばせた方がいい

私流の表現で言えば、世の中のことは、すべて期待を裏切られるものである。地震の時に持ち出す非常用のカバンを整備したら、いっこうに地震は来ず、カバンの中身を出したら地震が来た、という人もいる。嫁にも行かずずっと同じ家で暮らしてきた娘がいるから、自分の老後はこの娘の世話になろうと思っていたら、思いがけなく娘の方が先に亡くなったりする。世間の悲哀というものは、多かれ少なかれ、そのような形を取る。

しかし死だけは、だれにも確実に、一回ずつ、公平にやって来る。実にこの世で信じていいのは、死だけなのである。

それほど確実な事象なのに、日本の学校では何一つ教育しないのだ。何という無責任なことだろう。だから新しい教育では、たとえばわずかな時間でも、死が不可避なこと、死を前提に生の意味合いを考えるべきだということを、教えてもいいはずだ、と私は思ったのである。

若い人々に、常に死のことを考えさせるのは必要なことである。これはできるだけ幼い時からの方がいい。なぜなら、死は極く小さい子供にも残酷に訪れるし、我々のように幸運にも中高年まで生き延びた者にも、死は必ずいつかやって来るからである。それは手厳しい現実であり、深い意味を持つ真実である。だから死について学ばせることに早すぎるという観点はないのである。

私はカトリックの学校に育ったおかげで、まだ幼稚園の時から、毎日「臨終の時」のために祈る癖をつけられた。もちろん当時の私が死をまともに理解していたとは思われない。しかしいつか人間には終わりがある、ということを、私は感じていたのであった。そういう習慣をつけてもらったということは、この上ないぜいたくであったと思う。

死の概念がなかったら、人間は今よりはるかに崇高でなくなるだろう。もし人間が永遠に死ねないものであったなら、人間の悲劇は、これ以上ないまでに大きなものになるし、その弊害はかつて地上になかったほどの地獄のような様相を呈するだろう。その時、生きるすべてのものは精神異常になっているに違いない。
死があってこそ、初めて、我々人間は選択ということの責任を知る。自分がどんな生涯を送るか、自分で決める他はないことを知る。

『二十一世紀への手紙』

第4章

ほどほどの忍耐と継続

この世は良さと悪さの抱き合わせ

私たちの周囲は愚かな嘘でかためられている

しかし、私たちの周囲は嘘でかためられている。まず私が、私に対して嘘をつく。マスコミも「真実でないこと」を書く。政治家はたてまえで物を言う。本当のことを言ったら、選挙民に一票をもらえないからである。

私たちが、本当の自由を手にするのは、実にむずかしい。それには、一人だけ否と言える勇気、社会の嘘を見ぬくだけの勉強、虚栄心からの解放などが必要である。神は私たちの愚かしい狂奔の姿を、二千年も前から、お見通しだったのである。

『私を変えた聖書の言葉』

「たかが」と「ほどほど」の精神

ほとんどのことは、実は「たかが」なんです。それこそ救急医療とか、閣僚の決定というのは大変だと思いますが、あとのものは「たかが」です。
むしろ「たかが」と思うと、落ち着いて見られる。夫婦だって他人同士だって、そう思っていれば、ぶつからずに済む。自分もいい加減だけど、あいつもいい加減だよな、と仲良くなる。そう考えると、いろんなことはそんなに難しいことじゃないんです。

『夫婦のルール』

人間はほどほどでいいのである。何とか生きて行き、何とか相手に迷惑をかけず、何とか時間が流れ、何とかおもしろいと思っていられれば、大成功人生なのである。

『正義は胡乱《うろん》』

「してくれない」と求めてしまうのは精神的に早発性老化病である

甘やかされた子供と、そうした子供のなれのはての大人は、無限に外界に要求する。

同時にうまくいかなかったことはすべて誰かの責任にする。そうした人々の特徴は、他罰的だということだ。

人生の成功不成功は、戦争、内乱、ひどい伝染病、天災などによる、個人が避けられない被害を受ける場合を除いて、すべて七、八割が当人の責任、残りが運である。その不運に対しては、知人友人が、癒《いや》される時間を稼ぐためにどれだけでも温かい手を差し伸べるべきだ、と思う。しかし自分の責任の部分を決めなかったらどうなるのだ。

他罰的な傾向は無限に不満を生む。「してくれない」という不満が蔓延《まんえん》する。これを「くれない族」というのだ。くれない族はかつては老人特有の病気だったが、今では十代でも、三十代でも患者がいる。精神的早発性老化病である。

『なぜ子供のままの大人が増えたのか』

たいていのことはあきらめれば解決する

スポーツ選手には、「あきらめない」姿勢が賞賛されますが、人間の生涯というのは、

「あきらめざるを得ない」ことのほうが圧倒的に多いし、世の中のことはたいていあきらめれば解決する。だから私は、あきらめが悪い人というのはかわいそうだなと思っています。

『思い通りにいかないから人生は面白い』

「いい評判」ほどいいかげんなものはない

今、世の中はこぞって「いい評判」が欲しいんです。相手から少しでも苦く感じることを言われると、自分の評判が悪くなりますから。自分がいい人だと思われたいために、「常に弱者の立場に立って書く」ことを標榜している評論家さえいますからね。

しかし、そういう考え方こそ差別なんです。或る人は或る面では弱者ですが、別の面では強い。生活保護を受けている方は、もちろんお金は足りないでしょうけれど、今月のお金が入らないことはない、という強みも持っていると感じている人もいるでしょう。今月自由業と名のつく仕事をしている作家などは、今月から無収入になっても、失業保険さえないんです。

人はさまざまな要素で生きています。それを過不足なく見るということが、現代でも誠実であり、勇気だろうと思いますよ。

『老境の美徳』

自信なんて一生かかっても作れるものではない

最近の若者の多くは自信がないと言われますが、十代や二十代のころから自信があったら気持ちが悪い。何度か入社試験の面接に立ち会ったことがありますが、あなたの長所を言ってくださいと聞くと、

「私はリーダーとして、いつもグループの中で活発に動くことができます」

などと、得々と語るんですね。

就職活動のマニュアルに従うとそうなるのかもしれませんが、私なんか小っ恥ずかしくて、聞いていられない。羞恥《しゅうち》とか含羞《がんしゅう》とか、そういう日本人の美徳はもうなくなった

のか、と情けなくなります。

私が自信のあるのは、少々汚いものを食べてもお腹を壊さないことくらいです。鈍感ですから、人が当たったようなものを食べても大丈夫なんですね。それ以外、自信なんてありません。一生、ないんじゃないかしら。でも最近、ノロウイルスが原因の胃腸炎にかかりましたからね。唯一の自信も崩れかけています。

『思い通りにいかないから人生は面白い』

「喜捨の精神」を持って小さな損ができる人間になる

大切なのは現実にない平等にとらわれることではなく、笑って不平等に慣れ、不平等な社会のなかで自分の世界をつくること。そして、健康な人は体の弱い人を助ける。お金のある人はない人に少し分ける。平等な社会を目指して平等に向かっていけばいい。そのためには『喜捨《きしゃ》の精神』を持つことが大事だと思います。人間は得をすることを望みますが、人のために少々損のできる人になりたいですね。一番大きな損は人のために命を捨てることで、それはなかなかできませんが、それこそが本当に偉い人です。しかしそれ以前に小さな損ができる人間になれるよう自分と子供をしつけなくちゃ。

『ゆうゆう』「美しい生き方＆年齢の重ね方の流儀」２０１０年３月号

人を正確に理解することはまず難しい

私たちは、先生、友達、親、上役、同僚、子供、親戚《しんせき》などから、正しく理解されることを期待すべきではないのである。反面私たちも、決して人を正確に理解していない。それゆえ、あやふやなデータで人のことを書いたり裁いたりすることだけはしてはいけない、と私は子供に叩《たた》きこんでおきたかったのである。通信簿が正確だったり、入学試験がほんとうにその人の力を見抜くものだったり、職場の出世がその人の力に応じていたりすることはもともとないのである。

『二十一世紀への手紙』

人間関係の普遍的な基本形は、ぎくしゃくしたものなのである。齟齬《そご》なのである。誤解であり、無理解なのである。

『人びとの中の私』

賢い人は見たことを話し、愚か者は聞いたことを話す

一般的にアラブ人たちは、自分が直接体験することを素直に受け止める見事さを持っている。それを外から見た思惑で価値を変えたり、言うのを憚《はばか》ったりしない。アラブの格言の中には、日本人なら、落語や漫才の中でやっと大きな声で言えるようなことが、たくさん納められて普通に語られている。

「人生はいかがわしい見せ物だ」

「たくさん持ち過ぎているのは、足りないのと同じだ」

「賢い人は見たことを話し、愚か者は聞いたことを話す」

「行動を起こす前に、退路を考えろ」

「賢い人の推測は、ばかの保証より真実」
「正義はよいものだ。しかし誰も家族ではそれを望まない」
「しょっている奴は、神を敵と見なす」
アラブ諸国の中には、今も昔も政情穏やかならない土地が多い。アラブの揉《も》め事《ごと》を、自分たちの考える正義の規範で収めようとするアメリカ人の為政者《いせいしゃ》たちは、多分、右に挙げたような真実過ぎる格言を読んでいないのであろう。

『出会いの神秘　その時、輝いていた人々』

人間は時には利巧なこともするが、バカなこともする。利巧なことができたら運がよかったと思って喜び、バカなことをしてしまったら蒲団をかぶって寝ることだ。そのどちらも大して大きな差はない。私たちのやることは、すべてその程度のものである。

『人生の旅路』

時に「無駄遣い」もする、それは楽しい

あれもこれもしたいと思うと、当然、お金も足りなくなります。私はミシュランガイドに載るような高級な寿司屋へ行ったりしないし、着物やクルマやお酒に道楽することもありません。でも、いいお鍋があると、またほしくなる。もういい加減によそうと思うのですが、その鍋があると非常においしい料理を作れるような気がして、つい買ってしまう。傍から見れば無駄遣いに思われるかもしれないけれど、優先順位は、人それぞれでいいのではないでしょうか。

『老いの才覚』

この世は良さと悪さの抱き合わせ

いいものだけを選ぶことは、私たちにはできない。大ていのできごとは、良さと悪さが抱き合わせで現れる。簡単な話だが、何かいいことをしようとすると、人間は疲れる

ことを覚悟しなければならない。怠け者は、疲れるからしない、という。それも一つの選択だと思うことがある。しかしこれは、やはりやるべきだと考えると私たちは計画を遂行し、後でへとへとになって後悔したりすることもある。

しかし、それでいいのではないか、と私は思う。もともと疲れたくないなら、旅なんかしなければいいのだ。お金を出すのがいやなら、人づきあいもボランティアもしなければいいのだ。

『人生の旅路』

自分の才能を見つける方法

職業は好きでなければならない。これが唯一、最大、第一にして最後の条件である。学問も職業も、何が好きかわからないという人は、それだけで自分には才能がない、と思いあきらめるべきである。

『人びとの中の私』

正直なところ、およそ仕事と名のつくもので、初めから終りまで楽しいというものなどこの世に無いのではなかろうか。しかしそれと同様に、おもしろさの全く無いという仕事も、これまた捜すと珍しいのである。

仕事は第一日目ほど辛い。しだいにおもしろくなり、飽きも来る。迷いも来るが、おもしろ味も増して来る。そんなものである。もし或る人が、その仕事に何一つとしておもしろ味を感じられないということであったら、それは仕事も悪いのかもしれないが、その人の性格がその仕事に向いていないのである。

『人びとの中の私』

自分の才能を見つける方法は簡単です。「自分が好きなこと」をやればいい。そうでなければ長続きしません。どんな職業でも、プロと呼ばれるようになるためには継続が必要ですから。

私は、日本はこれまでのような経済大国一辺倒から、技術国家、職人国家を目指すべきだと思っています。

日本人は本来、すばらしい素質を持っています。勤勉で、誠実で、難しい問題をどうにかして解決していこうとする力を誰もが持っているんです。たとえば、非常に特徴のある部品をつくっている小さな町工場の経営者は、別に一流大学を出ている必要もないわけで、ただ身に備わった才能で世界に通用する技術を開発しました。そういう人たちこそ、日本の宝なんですね。

どんな分野であっても、長い年月そのことに没頭して、寝ても覚めてもそのことを考えているという境地を経ないと、その道のプロにはなれません。だから、子供の学校を選ぶ時は、ほんとうに子供が好きで行きたい学科のある学校にやるべきです。有名校かそうでないか、というようなことはどうでもいい。子供が何をしたいか、ということに一番合う学校へやらなくてはいけないと思います。

好きなものが見つからない、という子供がいるそうですが、それは本人の責任だと思いますから、私はまったく同情したことがないんです。中高生になって好きなものが一つもないような子供は、いくらいい学校に行ってもろくな生涯を送れないような気がします。自分の好きなものを見つけるなんて、簡単ではありませんか。やっていて楽しいことの一つや二つはあって当然でしょう。

望みがたくさんあれば、そのいくつかは将来の専門職になる可能性がありますが、望みがない人には進歩もない。これは好きだ、というものがない人が、一番才能のない人だと思います。

『思い通りにならないから人生は面白い』

会社や組織に執着すると悪女の深情けになる

会社や組織は深く愛さないほうがいい。愛し始めると、人はものが見えなくなります。執着して悪女の深情けになる。私の実感では、愛しすぎると、余計な人事に口を出したり、辞めた後も影響力を持ちたがったり、人に迷惑をかけるようなことをしがちです。

『日本財団９年半の日々』

神は仕事において不必要な物も人も、何一つ作らなかった

世間では、生きる人のために尽くす仕事が多い。しかし人はいつか必ず死ぬ。とすれば死ぬ人の死のために、生きて仕える人も必ず要るであろう。誰がどの役目を引き受けるか、決められるのは神なのである。

もちろん個々の人にはいささかの希望はある。歌手になりたかった人も、私のように小説を書きたいと願った娘もいる。しかし歌を歌う才能、小説を書くために必要な辛抱強さのどちらも、神からの贈り物である。あらゆる職業、才能、ポジションはすべて必要なものばかりだ。神は不必要な物も人も、何一つとして作られなかった。３Kの仕事を引き受ける人は、その中でももっとも大切な役目を担って人一倍神に愛されたはずなのだ。

『聖母の騎士』「役立つ人への祝福」２００２年８月号

実は昔ながらの職人芸というものは、現代の精密工業、たとえば半導体産業などを創

るのに大変大切な下地なのだと私は思っている。職人が凝りに凝って精密な細工に生涯をかけ、弟子の未熟な技術を叱り飛ばす神経と、それを認める社会的な了解とがどこかにあってこそ、誤差何万分の一という半導体チップを作り出す執念が形成されるのである。日本もやはり伝統的職人芸を大切にしなければならない。職人が軽くあしらわれ、技術もない「芸術家もどき」がはったり根性で作った拙い作品が、途方もない値段で売られる社会はあまりいいものではない。

本一冊まともに読み通したこともないような人が、大学へ行くことはないのだ。それより、好きな手仕事があれば、職人として尊敬されて暮らす方がどんなにみごとな生涯を送れるかしれない。

『人生の旅路』

平等を誇張するととんでもない不公平が生まれる

この頃、平等を誇張するために考えられない不公平がある。それはその道のプロであるか、アマチュアのままなのか、ということだ。プロなら、高い報酬を出して当然だ。しかし四十過ぎまで働いていて、「この分野なら、私はかなり知っています」という専門職がない人は、私は怠け者だ、という気がしている。

昔私の知人が、首尾よく希望の銀行に就職した。その時私は、「おめでとう。良かったわね。せっかく銀行にお勤めできたんなら、金融詐欺ができるくらい、よく勉強なさい」とはなはだ不真面目な餞《はなむけ》の言葉を口にした。私とすれば、金融詐欺ができるくらい業務を知っていれば、その知識を銀行業務の安全を守るために使える、という意味だったのである。

私自身、多くのことを独学で勉強した。もちろん専門家というにはほど遠いけれど、素人としてはよく知っているまでにはなれた。その一つがユダヤ教である。私はキリスト教徒だが、イエスはユダヤ教徒として生まれ、ユダヤ教徒として死んだ。しかしその内部において従来のユダヤ教に革命的な解釈と信仰形態の変革を試みた。

だから私はイエス自身を知るためには、ユダヤ教を知らねばならない、と考えたのである。

時間を使って勉強した人と、何十年も勉強をしないで素人の域を出ない人と、同じ給与というのはむしろ間違っている、と私は思う。子供を育てることは、確かに大変なことだが、それでもやる人はやるのだ。

私もまた男女同じ扱いをされることを要求する。しかしそれはあくまで能力主義に基づくものである。だから女性も、学校を出て中年になるまでに、何か一つ、自分はこのことだけは知っています、という分野を持たなくてはならない。そういう人は貴重だから、企業も簡単にはクビにしないものである。

『週刊ポスト』「昼寝するお化け」２０１５年10月30日号

成功のたった一つの鍵は、忍耐と継続

忍耐さえ続けば、人は必ずそれなりの成功を収める。

金は幸せのすべてではないが、財産もまた大きな投機や投資でできるものではないということを、私は長い間人生を眺めさせてもらって知った。その代わり、成功のたった

一つの鍵は、忍耐と継続なのである。

『幸せの才能』

人生には、いいことも悪いこともあります。生きていれば、人にいじめられることもあるし、どうして自分だけ病気になったんだろうとか、自分の家だけが倒産したんだろうとか思うこともあるでしょう。その悲しみや恨みをしっかり味わってこそ、人生は濃厚になり、その時々の感情を貯め込んでいれば、いつしかそれが思わぬ力を発揮することもあります。

私は両親が不仲でしたから、幼い頃に父親の家庭内暴力を体験しましたし、母親の自殺未遂の道づれになりそうになったこともあります。そういう悲しみ、恨みをしこしこ貯めて、それを小出しにしながら小説を書いてきたのがおかしいんですね。苦しみを経験した分、人生の厚みを見ることができた。得をした、と思っています。

『日本人はなぜ成熟できないのか』

偉大な「正直」のために命を賭けることもある

よく世間では「正直者が損をする」と言うけれど、正直者はもともと損をするのも承知で正直なんです。それをわからないで「正直者が損をする世の中はいけない」と言う人はおかしいわね。正直者は趣味で正直にしているんですよ。人間の偉大な趣味は、損くらい覚悟の上でしょう。私は卑怯《ひきょう》者だからダメだけど、偉い人は、時にはその偉大な趣味のために命を賭《か》けることにさえなる。それが、その人の心の証《あかし》というものです。

『親子、別あり』

わたしたちは、自分では意識せずに、悪いことをしてしまう場合がけっこうあります。たとえば、誰かの悪い噂を聞いて、みんなでいっしょになってその人を攻撃する、といったことです。

その悪い噂というのが、実はいわれのないものであっても、「みんなが悪いと言うのだから、悪いに決っている」と思い込んでしまうのでしょう。そういう人が爆発的に増えると、罪のない誰かを血祭りにあげる、というようなことが起こります。たとえ悪い噂が本当であっても、みんなで寄ってたかって叩き潰すことは、私刑になります。

『幸せは弱さにある』

人間は自分のあらゆる発言に責任を持たねばならない

匿名の卑怯《ひきょう》さは、自分が傷つかずに効果だけ狙《ねら》おうという意図の見えすいていることである。現在のネットの暗い卑怯さはすべてこの点にある。立派な意見なら、堂々と名前を名のればいいではないか。正しいと思うことをしているのに、なぜ名前や顔を隠さねばならないのだろうか。

人間はあらゆる発言に、ささやかな責任を持たねばならない。明るい顔で、人前で堂々とものを言う時に、初めてそこに、その意見を持つ人間の、勇気と人格が光を持ってあらわれて来る。どんな正当な意見でも匿名を希望する場合には、そこにすでに「効果だけは自分の功績で、それから起こる問題の責任は引き受けない」というカビのように湿った臭《にお》いがする。

『絶望からの出発』

誰でも「最後の砦」を持つべき

こうあるべきという信念を持ったら、言うべきことは言い、時には命を賭けても自分の信念を通すべきだ、などと誰も言わなくなったんですね。

はっきり言って、イエスマンでは幸せになれないと思います。会社をクビになったら大変ですから、いくつかは「ノー」と言って、あとは従う「分割イエスマン」という手があるかもしれません。しかし、「百パーセントイエスマン」で、自分を全部殺してしまったら終わりです。

そうならないためには、いつでもやめる覚悟を普段から持つことです。いざとなったら、クビになっても何とか生きていける道を用意しておく。自分らしく生きるためには、誰でも、万一の場合を考えて、最後の砦《とりで》を持つべきだと思います。

贅沢に仕事を選り好みするなどもってのほか

いまの若者には「好きな仕事に就きたい」「十分な収入が欲しい」という形で夢を追っていつまでも働かず、いざ職に就いてもあっという間に辞めてしまう人が多いと聞きます。

しかし戦後の焼け跡には、浮浪児同然の境遇から這い上がった人々もいたんです。いまも世界には、今日の食べ物のために裸足で働く人々がいます。死に物狂いで打ち込むものも見つけず、かといって、どんな仕事だろうとやってやるという覚悟もなく、贅沢に仕事を選り好みするなどもってのほかです。

私は、小学生のときから作家になろうと思い定めていました。大学生の頃は、毎晩学校から帰ると必ず10枚原稿を書き、２０００円の原稿料を貰って同人雑誌を作る費用を工面していたのです。

●本書の項目について□内に10点満点でご採点ください。

書名 □　装丁 □　目立ち具合 □　読みやすさ □

やわかりやすさ □　役立ち度 □　内容への共感 □

●この本をどのような形でお知りになられましたか？

1. ネットで見て（サイト名など教えてください：　　　　　　　　　　）

2. 書店で見て　3. 当社ＨＰ　4. 広告を見て（媒体名：　　　　　　　　）

5. 知人の紹介　6. 書評を見て（媒体名：　　　　　　　　）

●なぜ、この本が必要、欲しいと思ったか、理由を教えてください。

1. 本書の分野に強い興味、関心がある　2. タイトル、帯を見て

3. 何となく面白そう　4. 知人に勧められて　5. デザインがよかったから

6. 書評・紹介記事で読んで　7. 広告を見て　8. その他（　　　　　　　　）

●次の項目であてはまるものに○をつけてください。

・書名について

1. 大げさ　2. ユニーク　3. 普通　4. 印象薄い　5. その他（　　　　　　　　）

・装丁について

1. 素晴らしい　2. 自分好み　3. つまらない　4. レジで買いづらい

5. その他（　　　　　　　　　　　　　　）

・装丁は女性、男性どちら向きだと思いますか？

1. 女性向き　2. 男性向き　3. 両方　4. その他（　　　　　　　　）

・価格についてどう思いますか？

1. 高い　2. 妥当　3. 安い　4. その他（　　　　　　　　）

●当社書籍情報をE-mailでご案内してもよろしいですか。

1. はい　2. いいえ

●本書をお読みになった感想をぜひお聞かせください。

貴重なメッセージをありがとうございます。

お寄せいただいたハガキより、毎月抽選で50名様に当社ロングセラー「インド式計算練習帳」をお送りします。（発表は発送をもって代えさせていただきます）

●ご記入いただいたご意見・ご感想を他の媒体や広告で紹介させていただいてもよろしいですか。（お名前は掲載しません）

□はい　□いいえ

※個人情報は小社のＰＲや営業活動、サービス情報提供に限って使用させていただきます。

ご協力ありがとうございました。

郵便はがき

料金受取人払郵便

赤坂局承認

7963

差出有効期間
平成29年6月
30日まで
(切手不要)

107-8790

116

(受取人)
東京都港区赤坂6-2-14
レオ赤坂ビル4F

青志社編集部 行

http://www.seishisha.co.jp
customerservice@seishisha.co.jp

本書をお買いあげ頂き、誠にありがとうございました。お手数ですが、今後の出版の参考のため各項目にご記入のうえ、弊社までご返送ください。(できるだけメールアドレスはご記入ください)

●本の題名(必ずお書き下さい)

●お買上げの店名

●お名前　●男・女(　　)歳

お誕生日　　年　月　日

●ご住所　〒

●TEL　●FAX

●パソコンのE-mail アドレス

●携帯電話のメールアドレス

●ご職業

1.学生　2.会社員　3.自由業　4.教員　5.マスコミ　6.自営業
7.公務員　8.主婦　9.フリーター　10.その他(　　　)

当時、世間では小説家になるということは身を持ち崩すことと同義語でした。ですから、父は私が小説家を目指すことに反対したのですが、私は父に隠れて書いていました。そして、もし一人前になれなければ、肉体労働でも何でもやろうと心に決めていました。いつでも他の仕事に就けるように、月に1回読売新聞を買って、求人欄にくまなく目を通していましたね。読売がいちばん求人広告が多かったんです。

あれも嫌、これも嫌と言うのではなくて、できる範囲のことをやる、必要に迫られて働くという覚悟も、普通、人生には必要なのです。そしてこのことは、若者だけでなく、定年を迎えた大人にも当てはまります。

『週刊現代』「『どんな手段を使っても生き抜く』そんな覚悟を持ちなさい」2013年5月11・18日合併号

第5章
歯応えのある関係
人のために犠牲を払う

絆とは、他者のためにいささかの自己犠牲を払うことである

自分も他人のために、いささかの損をするか傷つくのを覚悟しなければ、人を助けるなどということはできない。一切の損を認めない絆などありはしないのだ。どうしても、人のために犠牲を払うことがいやなら、自分は冷酷な人間だと思って、絆などという美辞麗句は口にしない方がいいのである。

『風通しのいい生き方』

また、絆とは相手のために傷つき、血を流し、時には死ぬことである

そもそも絆の基本は、親とも同居することだと私は思っています。最近は、「お前なんかと住むのは嫌だ」という親もいっぱいいますから一概には言えませんけれど、親に

だんだん力がなくなってきたら、一緒に住むのが自然なんです。それが一番人情的な絆ですね。

要するに、自分にとって頼りがいのある人との関係を持つことが絆ではありません。むしろ、苦しむ相手を励まし、労働によって相手を助け、金銭的な援助さえもすることが絆だと思います。

私は、「絆とは、相手のために傷つき、血を流し、時には相手のために死ぬことだ」と教えられました。

『思い通りにいかないから人生は面白い』

〝中年の子供〟の未成熟さが世間を歪めている

人の価値は経済力とは、一応別のものだ。しかし精神においては、少なくとも人間は四十代の壮年になれば親の精神力を凌駕《りょうが》しなければならない、と私は思うのだが、現代の多くの子供たちはこの自覚を持たない。この中年の子供の異常な未成熟が、世間を歪《ゆが》めている、と思うことが多い。

『晩年の美学を求めて』

言葉に用心している人は、実がない

言葉遣いに戦々恐々としているのは、人道的な立場からそうしているのではなく、そうしていさえすれば人道的に見えると信じているからである。私の思い過ごしかもしれないが、言葉に用心している人はおおむね実がない。従って魅力もない。

『悪と不純の楽しさ』

嘘は私利私欲のためにつくから意味がある

「ただ、僕はこのごろ人生観が変わってきましてね。誠実な人もいいけど、嘘つきでいい加減な人間もそれなりに実に歯応《はごた》えがあると思うようになりましたね。もっとも、それもこっちに元気がある時だけの話ですけどね。それと商売はそういう人とは面倒だから避けなきゃならんですよ。だけど普通の人間関係だったら、どちらもおもしろいな。いや、どちらかと言うと、まじめな人というのは安心なだけでおもしろみがないですね。しかし、なんでしょう、カトリックの方では、嘘つきがいいなんていう論理は認めてないんでしょう？」

「自分の私利私欲のための嘘はいけないんでしょうけど……」

「いや、嘘というものは私利私欲のためにつくから意味も迫力もあるんです」

「トマス・アクイナスの言葉にはそういうのがありますのね。『悪のない善は有り得る。しかし善のない悪は有り得ない』というんですの。それから『いかなる在り方で存在しても、存在するものとして、一切はよいものである』というのも覚えています。そういうことでしょうか」

「トマス・アクイナスなんて僕は読んだことないけど、それはまさに僕の感じですね」

どうしても共に生きることはできないほど性格の合わない親子は世間にたくさんいるだろう。その場合でも、子供が親を殺すことはないのだ。親殺しの事件を聞く度に、そんなことなら、どうして親を見捨ててどこかへ消えてしまわないのだろう、と実は毎回私は思っている。親に居所を教えなくなる、というのは、実はひどく残酷な復讐なのだから、それでいいのではないかと思う。殺すほどの悪い親だと判断したくせに、親離れできない子供が親を殺すのである。

一時的に親を見捨てて家出をした青年を、私は過去に何人か知っているが、そういう人も何年か後には、家に戻っていい息子娘として暮らしている。人間の感情なんて、実はアヤフヤなものなのだ。

憎しみの感情が非常に強い場合、親子は一生遇うこともなく終わるだろう。それはいいことではないが、いたし方のないことだ。殺すよりはいい。その程度に未熟な人間というものはどこにでもいる。こういう場合には、親が何歳であろうと、生きているか死んでいるかわからない、ということになるのである。

ただし、自分のためには、親でも子でも相手を許す方がいい、と卑怯な私は思う。心の中では許していなくても、言葉や態度だけは親切にした方がいい。そのくらいの嘘がつけない人間は少なくとも大人ではない、ということだ。

『週刊ポスト』「昼寝するお化け」２０１０年９月17日号

子どもがかわいいなら、あきらめて手放すこと

親は、子におんぶしてもらうような〝おんぶお化け〟にならないようにすること。子どもが独立するときは、感情ではなく理性で、義務として切り放すことです。そうでないと、息子の立場より自分のほうを愛することになってしまいますから。ほんとうに子どもがかわいいなら、あきらめて手を放すこと。どんなに親としての思いがあっても、思いがあるからそれに負けろということではない。思いを我慢する。子どものためですから。それが人間と動物の親子の常道です。

『曽野綾子の人生相談』

私たちは結婚という現実を、改めて考え直してみなければならないだろう。結婚は一つの選択だということをである。つまり、結婚によって、その人は、親を捨てて一人の異性をとった、ということなのである。ここで、明らかに親は捨てられ、自分の子供にとって、愛されるべき順位が少なくとも二番目に落ちたということになる。本当はこういう現象は、既にずっと前からあったのだが、――子供が年頃になると、彼または彼女にとっては、既に親より大切なものができている場合が多い――親は、結婚という形で現実を突きつけられるまでは、ただそのことに気がつかなかっただけなのである。

『夫婦、この不思議な関係』

死を前にしたときには、愛しかない

孫や子供に嫌われたくないというのは、つまり愛されたいわけですね。だから、良く思われることだけを願って、逆らいもせず、怒りもせず、どんな要求でものむ。そういう生き方を私は「求愛型」と呼んでいるんですけど、ご機嫌ばかりとっていると、相手はますますいい気になる。いい気になると人間は要求が大きくなり、自制心を失うから不機嫌になっていく。求愛というのは、実は、愛から離れる行為なのですが、それに気づいていないのです。

しかし、愛されたいと思う気持ちはよくわかります。愛というのは、もし明日、世界中の人が死滅するということになった時の、最後のテーマだと思う。死を前にした時に、みんなが求めるものは、地位でも名誉でもお金でもなく、愛しかない。人間としてどれだけ贅沢な一生を生きたかは、どれだけ深く愛し愛されたかで測ることになる。

『日本人はなぜ成熟できないのか』

結婚とは相手の総てを我慢して、引き受けることである

結婚をするということは、相手の総てを、コミで引き受けることである。或る娘が非常に魅力に溢れていて、その娘と性的関係を持ちたいと思った時、青年はその娘と結婚することによって、彼女の総てを引き受けることになる。頭のよさも悪さも、気立ての

よさも悪さもである。夜中にイビキをかくとか、歯みがきのチューブの蓋を必ず閉め忘れるとか、人の噂話が大好きだとか、テレビの時代劇で奇妙な流し目をする俳優に本気で憧れているらしいとか、そのようなことも総て景品と思って引き受けなくてはならない。

『夫婦、この不思議な関係』

日本人は愛について語るのが苦手なようだ

人間関係は愛が根本ですからね。愛なしで、人権や平等が達成できるわけがない。しかし日本人は、人権や平等についてはうるさいほど話すのに、愛についてはほとんど語らない。

『日本人はなぜ成熟できないのか』

愛は怖くてむごい。だから尊い

愛というものが完成された穏やかなものだと、私はどうしても信じることができない。愛は愛するに到るまでに、多くの場合、血みどろの醜《みにく》さを体験しており、そして又いったんそこへ到達したとしても、いつ瓦解《がかい》するかわからぬ脆《もろ》さを持っている。それゆえに愛は尊《とうと》いのである。

『あとは野となれ』

よく世間には舅姑に充分に尽くしたあげく、「私は自分の人生半分も犠牲にして、舅姑の面倒みたの」などと言っている人がいる。私は決してそんなことも言えない。私は舅姑にも、私の実母にも、夫にも子供にも、猫にも花にも、そして時には小説（という読者）にさえ「どうもすみません。万事いいかげんでして」と謝るような暮しをして来た。

立派すぎるほど尽くした人は、どうも世話した相手を少し怨んでいるような気がする時がある。しかし私はそうではない。いつも、申しわけありません、と謝る側だから、自然に相手に好意を残している。もっとも植物だけは、ほっておかれても決して相手を怨まない。植物の寛大さは、外に類を見ない。

『緑の指』

人は誰しも神と悪魔の中間で生きている

大人というのは常にある程度の裏表を作って生きてゆくものです。嘘をついてはいけない、いつもありのままの自分でいなければならないといまの日本人は考えるんですってね。「みんないい子」だという誤った前提のもと、戦後の教育は行われてきたからです。

しかし、なぁなぁで生きてゆけるほど世の中は甘くない。

人は誰しも神と悪魔の中間で生きているんです。純粋な善人も、純粋な悪人もこの世にはいません。

むしろ、人間の悪い面を理解し、それとうまく付き合う術を身につけてゆくことこそが、自立するということなのです。

『週刊現代』「『どんな手段を使っても生き抜く』そんな覚悟を持ちなさい」2013年5月11・18日合併号

「群れる」は「友人関係」とは違う

風通しのいい関係をつくるためには、互いにもたれ合うのではなく、それぞれが自立していることが必要なんです。

女性に多いパターンですが、何でも同じ、何でも相手のことを知っていないと気が済まない人がいます。「あなたもこう思うわよね」と同じ意見を強要し、いつも行動をともにしたがる。ひどい人になると、「私に黙って旅行に行った」などと怒り出す。こういうのは友人関係ではなく、単に群れているだけです。

『思い通りにいかないから人生は面白い』

日本は「徳の心」をすっかり無くしてしまっている

日本には、有徳の士がいません。厳しい現実に目を向ける覚悟や勇気のある人がいませんね。ギリシャ語では、徳は勇気と同じ「アレテー」という言葉で表されます。この言葉はたくさんの意味を持っていて、第一の意味は「卓越」、その次が「男らしさ」、それから「徳」「奉仕」「貢献」「勇気」。これら全てを含んだ概念を、古代ギリシャ人は「アレテー」と名づけました。

日本の中心、特に霞が関などには、この「アレテー」を持たない人々ばかり大勢います。徳がない、勇気がない、男らしさもない、卓越もしていないけれど、していると思いこんでいる。どうしたらできるかではなくて、できない理由を説明することにばかり優れた人々です。

また、徳のない経済活動は、一時は成功しても決して長続きしません。中国経済はいつか必ず失速するでしょう。経済力に徳がついてくるのではなく、その逆に、徳に経済力が伴ってくるものだからです。

日本でも中国と同様に徳というものが忘れ去られつつありますが、その中で最近増えているように思うのが、「いいこと」をしようと躍起になる人です。

『週刊現代』「『どんな手段を使っても生き抜く』そんな覚悟を持ちなさい」2013年5月11・18日合併号

度が過ぎる愛情は、ひどく邪魔なものになる

どんなに親しくても、しょせんは別の人間です。性格も、考え方も、感性も違うのですから、人を完全に理解できるはずがない。他人は、ある程度は理解できるけれど、百パーセントは理解できないという人間の宿命があるわけです。

だから自分のことも、ほんとうに理解してもらえるなどということは不可能なことだと思い、あきらめた方がいいんです。

『思い通りにいかないから人生は面白い』

別れてホッとしたというなら、その離婚は成功だったといえる

離婚ということは二人いたうちの一人をきり捨てることなのだから、家族として当然完全ではなくなる。円満な家庭の姿でもなくなるし、雨の日など、静かすぎて虚《むな》しさを覚えることになる。死ぬ時も一人で死んでいかねばならない。

しかしそれにもまして、あの嫌な人と一緒にいなくて済むのだったら嬉しい、とはっきり言える時に、初めて離婚はしただけのことがある大事業だったということだ。

『夫婦、この不思議な関係』

そのうちに思いがけなく、彼女の父が死んだ。雪の日に、彼の運転する車がスリップして、谷底へ顚落《てんらく》したのである。

彼は彼女の悲しみを思うと気持が暗澹としたが、どうしても、或る解放感を覚えずにはいられなかった。これで彼女の心は自由になった。これで二人は結婚出来る。

勿論《もちろん》、彼とても、彼女の父の死んだのを喜んでいる訳ではなかった。只、世の中には、

あまりに人に愛されすぎている人間があると思うのだ。愛することも、愛されることも、どちらも一見美しいけれど、度を過ぎると、その愛情は、この世においてひどい邪魔ものになることがある。

『雪あかり〈蒼ざめた日曜日〉』

限りある人生を憎しみの情念で過ごすのはもったいない

夫婦がどうして離婚するかという経過を、私は離婚した夫婦の娘としてつぶさに見てきた。

結論を先に言えば、仲の悪い、性格の合わない夫婦は一刻も早く離婚する方がいいというのが、私の本音である。なぜなら、気の合わない二人の人間が共に暮らすということは、憎しみを毎日かきたてるばかりで、それは確かに一種の情熱には違いないが、限りある人生でつまらない種類の情熱だと思うからだ。

『夫婦、この不思議な関係』

東大を出ても日本語を正確に使えない日本人がどこにでもいる

年よりも若くきれいに見える女性が増えたのだが、しかし一言喋らせるか書かせるかすると、あまりにも外見と差のありすぎる人も多くなった。日本語が正確に使えない日本人がたくさんいるようになったのである。

女性だけではない。最近では、東大法学部卒でも、人前でまちがった日本語を使って平気な人がどこにでもいる。彼らは会議の席で自分の仕事を発表する時にも、「開催してございます」とか「分かれてございます」などというまちがった日本語を平気で口にするので、私は聞いているだけで疲れてしまうこともある。これは「開催しております」「分かれております」でなければいけない。

女性たちも九十パーセントの人が自分の子供に「してあげる」と言う。

これもまちがいではないにしても、成熟した大人の遣う日本語ではない。他人の子供さんには「してあげる」のだが、自分の子供や犬には「してやっています」と言わねばならない。こんな言葉遣い一つ正しくできないで、お化粧だけ美しくても、会う人は時々興ざめになるだろう。

『人間にとって成熟とは何か』

人と付き合うには責任と用心が必須であることを覚えておく

もうここ二十年以上も、日本中が何かというと「なかよし」だの「ふれあい」だの「出会い」だの、薄気味悪い人間関係を誇張する言葉でお茶を濁している。これは世界的に見ても、「異常な」感覚である。「連帯」くらいならわかるが、日本以外の国では、知らない人とはなかなか触れ合ってはいけないものなのだ。もし人が人と接しなければならない時には、責任と用心が必要になって来る。

『人生の旅路』

学歴は、生きていくうえでほとんど何の意味もない

この世で自分が理解されることはほとんどないと思ったほうがいいでしょう。最初から諦めなさいと言いたいですね。それでも、周囲の人たちは私に優しかったですよ。私はアフリカによく行くのですが、初めて行く人は、まず飲み水の心配をします。いまはアフリカの都市部ならプラスチック容器入りの水を売っていますが、「それが売ってないところではどうすればいいんですか」と真顔で聞いてくる。

驚くべきことに、井戸水でもやかんで煮沸すれば殺菌できるという発想に至らない。一流大学を出た人ほど、そうなのです。頭がよくて学歴もあるけれど、非常時に対応できず、超法規だったらどうなるかも考えられず、そして自分の理解を超えた想定外の状況下で生きられない。彼らこそが、社会に出る資格のない幼稚な人たちかもしれませんね。その手の画一的な「優等生」を会社が採用したら終わりですよ。

そう考えると、学歴は、生きていくうえでほとんど何の意味もありません。以前、ある教育会議に出席して学歴問題を話し合ったとき、たまたま隣の席におられたダイエー

創業者の中内功さんが小声で「学歴なんかで人を採っておったら会社がつぶれますわ」とおっしゃったのが印象的でした。

では、学歴よりも何が大事なんでしょう。すると昔、沖縄行きの飛行機のなかで隣り合わせた米国人女性の話を思い出します。その年配の女性には息子が二人いて、長男は秀才で米国のＭＩＴ（マサチューセッツ工科大学）に入ったそうです。でも、次男はあまり勉強ができなくて軍隊に入り、いま沖縄基地に駐屯していると言っていました。

その次男が結婚して孫が生まれたので「これから初孫に会いに沖縄へ行くところなのよ」と嬉しそうでしたが、その息子を褒めるとき彼女はこう言ったんですね。〝But he loves people〟。「でも、彼は人間を愛しているのよ」と。それは彼女からみて、ＭＩＴに入った長男にはない才能なんです。私はなんて素敵なお母さんだろうかと思いました。

人間を理解せず、支えられていることに感謝せず、自分で闘うこともせず、セクハラだ、マタハラだという女子社員は未熟です。でも、私は会社に同情しません。そういう女性を採用した会社に眼がなかったんですから。

私はもう八十歳ですが、もう一度母親をやるなら、わが子を人間のことがよくわかる子に育てるという、一生に一度の壮大な事業に打ち込んでみたい。人の手に任せずにね。

『週刊現代』「『私の違和感』セクハラ・パワハラ・マタハラ」2013年8月31日号

「お金の関係」で友情は簡単に崩れる

はっきり言うと、「お金の関係」ができると、もう友人じゃなくなるんです。
また、ろくに知らない人にお金を貸してと言う人は、そのことだけでおかしいですからね。
お金の関係と人間関係は別だ、と言い切れるほど、凡庸な私たちは賢くありません。だから金銭的なつながりがおかしくなると、必ずそれは友情に響いてきます。自分がいいと思うだけあげてしまって、ついでにそのことを忘れてしまえば、それ以上の破綻《はたん》を生むことはないですものね。

『思い通りにいかないから人生は面白い』

自分のための権利を「どうぞ」と差し出す

私の周囲にも「介護保険は使ったほうがトクよ」などと平然と言う人がいますが、これもおかしいですね。介護保険はなるべく使わずに、もっと体の悪い人にそれを回すように私はしたいんです。

日本人がなぜ思いやりや感謝の気持ちを忘れて権利ばかり主張するようになったか。多分、日教組教育の影響が大きいんでしょうね。日教組は「要求することが人権である」と言いましたが、それは間違っています。要求だけでなく、果たす義務のことにも触れなければ。時には、持っている権利さえ行使しないことが、人間の美徳となることもありますからね。「権利、権利」と主張せずに、本来自分が行使していいものを「あなたがお使いになるならどうぞ」と差し出せたら、それこそが幸運なんだと私は思うことにしています。

そもそも、社会に出るというのは嫌なことに耐えて穏やかに戦うことです。世の中は、自分とは立場や考え方の違う人だらけなのだから、摩擦が生じるのが当たり前。それなのに、自分は理解されるのが当然だと思っているのは、精神年齢が幼いからのような気がしますけれどね。

『週刊現代』「『私の違和感』セクハラ・パワハラ・マタハラ」2013年8月31日号

男より女の方がはるかに上を行っている

私は常々、「女は得よ」と言っているのですが、それは食べたいものを食べられるからです。たいがいの男は自分で料理をしないから、妻が「お父さん、夕飯には何がいい？」と聞いても、たいてい「何でもいいよ」と答えるでしょう。だから、一家の主婦というものは、「あなた、何が食べたい？」と形の上では尋ねるふりをしながら、何十年間も自分が食べたいものを、自分の好きな味付けで作ってきたわけ。そのからくりを多くの男たちは気づいていない。おかしなものね。

『思い通りにいかないから人生は面白い』

私は基本的に他人のことを書くのが好きではないので、四月十四日に亡くなった親友の上坂冬子さんのことについても実は礼儀からも書きたくない。しかし私たちがいつも笑いこけていた逸話、「登録済みの伝説」というものだけは残しておいてもいいだろう。

上坂さんについて、あまり人が知らないのは、実に肌のきれいな人だったということだ。「上坂さんのヌードを見る会をしましょう」と私が言うと、たいていの編集者が、お愛想にでも「いいですねぇ」と言ったものだ。

そんな人がどうして結婚しなかったかということになると、人の身の上を聞く趣味のない私には何も語るデータがない。

ただいつの頃からか、彼女は身近な人の奥さんが死んだら、後妻に行くことになっていた。私が「あなたの再婚の相手」というと、その度に彼女は「私は初婚ですからね」と訂正した。もっとも彼女に言わせると、「私がこれはと眼をつけた人の奥さんは、みんな丈夫で長生きする」のだそうだが。

一番最初は、近所に住んでいたという利便性もあって三浦朱門だった。

三浦朱門は後妻の予約を喜んで、上坂さんと偶然名古屋の或る会でいっしょになった時も、土地の教育委員だという生真面目な人に、「上坂さんはボクの後妻に来てくれることになってます」と言ったらしい。すると相手は深刻な表情で「ほう、そこまで」と頷いた。後で上坂さんは「ばかねえ。ここは、冗談もユーモアも通じない土地なんだから」と三浦朱門に言ったという。

もっとも上坂さんも、自由が丘で行きつけの店の前を通りかかると、傍にいた三浦朱門を澄まして「主人ですの」と紹介することがあった。三浦が「違う違う」と手を振ると、「何も本気で否定しなくったっていいじゃないの」とモンクを言った。

三浦朱門が後妻ならぬ後夫候補からまもなく落とされたのは、非常識が極まったからだと言う。上坂さんは和服が似合う人だったが、或る日三浦朱門に会うと、ぽんと自分の帯を叩いて「五千円」と言った。

三浦が「え！　その帯が五千円！」と言うと「何言ってるのよ。着付け代が五千円」とたしなめられた。

一人の男にとりつき、煩わしさと恐ろしさを覚えさせるのは、まぎれもなく母親

どこと言って欠陥もない一人前の男性が結婚しない場合、そこには母親の影が濃厚に残っていると見えるケースは現実にかなり多いものです。男たちは、私たち女ほどおしゃべりでありませんから、母親のおかげで女性観が変ったなどとはいいません。しかし一人の男に、本当にとりつき、コビを売り、惰弱《だじゃく》にし、女の存在の煩《わずら》わしさと恐ろしさをいやというほど覚えさせられる唯一の存在は母親なのです。

『仮の宿』

嫁と姑は永遠の天敵

私は最近、おもしろい嫁と姑の例を聞いたばかりである。嫁がかわいくてかわいくてたまらない、という姑がいた。嫁も姑になついていて、こんなにまで親身に思ってくれるお

かあさんは、めったにいるものではないと思って親しんでいた。ところがこの嫁は、間もなく心臓の発作を起こすようになった。そうなると姑さんは心配でたまらない。いつなんどき嫁に発作が来て重大なことになるかも知れないというので、昼は枕許《まくらもと》につきそい夜も隣にふとんを敷いてそい寝をした。それでも心臓は一向によくならない。入院させたら（ということはつまり姑を引き離したら）、嘘のように症状が軽くなった。

『続・誰のために愛するか』

結婚は退屈と孤独を救えるか

かつて若い日に私は、人間の心を荒廃させる目に見えぬ敵は退屈であると思っていた。誤解しないでほしい。退屈というものは、その人の経済状態とはまったく無関係なのである。金がありあまっていても退屈し、貧乏でも退屈する。その中間であっても、むろん退屈する。そして退屈の中で人間は姦通し、盗み、相手を陥れるのである。

しかし、私はこのごろ、退屈よりも恐ろしい第二の敵の存在をひしひしと感じるようになった。それは孤独なのである。恐らく戦乱のベトナムには、そのような恐怖はないであろう。戦争中の日本にも、退屈や孤独の恐怖はないに等しかった。退屈も孤独も、ともに平和と繁栄の副産物であることは皮肉である。（中略）

結婚をしさえすれば、この退屈と孤独の責苦からのがれられるような錯覚に、私たちは捕えられるのである。しかしそんな保証はどこにもない。この二つの苦しみからのがれられれば、それだけでもう結婚は成功であると言い切ってさしつかえない。しかし、すべての結婚が成功する訳ではない以上当然、独身時代よりも、もっと深刻に、夫に放置されているという悩みを持つ妻もでるはずである。

『続・誰のために愛するか』

何の代価を払わなくても与えられることがあるのが「愛」

ただで手に入るものなど、この世でろくなものはない。たった一つ愛だけは別だ。愛は自分に何の資格がなくとも、何の代価を払わなくても、不当に（ということは光栄にも、という要素を含んでいる）与えられることはある。私たちはただ、黙ってその光栄に浴し、溢れるばかりの感謝をする以外にとるべき行動はない。

『夫婦、この不思議な関係』

「いいえ」を言う勇気を持つと、とたんにこの世は生きやすくなる

しかし人間は、つきたての餅のようなものである。すぐ、なだれて、くっつきたがる。違いを違いのまま確認するということが、実は恐ろしくてたまらない。できたら、ひとと何とかして違わないのだ、と思いたい。しかし、実際はれっきとして違っているので、つい、悪口を言いたくなるのである。

もし、或る人が「いいえ」と言う勇気を持っていたら、どんなにこの世は生き易くなるだろう。「いいえ」ということは、決して相手を拒否することでも、意地悪をすることでもない。むしろ多くの場合、それは各々の立場が違うことの確認である。「いいえ」を

言える人は、当然「はい」の言える人である。友達に何かを頼まれる。それは、或る場合には、それほど気楽にできることばかりではないかも知れない。時には、自分が少々不便し、辛い目にあうという、不利を承知で引き受ける。それが本当の「はい」である。

『あとは野となれ』

戦争や天災で人を見捨てても、決して卑怯なことではない

もし戦争や飢饉《ききん》や天災などというものがあれば、人間は否応なく、自分の弱みや卑《ひ》怯《きょう》さをさらすことになる。

もし戦争があれば、私たちは我がちに安全な所へ逃げようとする。もちろんそういう時に、弱い人を決して見捨てず、手を貸して一緒に行こうとするほんとうに勇気ある人もいないではないが、平均的な人間の本能の部分には、人を見捨てても自分を守るという利己的要素が組み込まれているのである。

もし私たちが飢えていれば、私たちは人に隠して自分の持っている食べ物を食べるだ

ろう。その時、乏しい食料を分かち与えることができる人になりたいとは思うが、隠して食べても、それだから悪人だということにはならない。

『二十一世紀への手紙』

いかなる美徳も完全ではないことを知ると、人は思い上がらない

この世でいいものと思われているものだって、決して単純にいい結果ばかりもたらすとは言えない。

私の若い時のノートに「純を愛しても人を困らせ、不純を愛しても社会を困らせる。どちらにしようか悩まない人が一番怖い」という意味のことが書いてあった。

健康は他人の痛みのわからない人を作り、勤勉は時に怠け者に対する狭量とゆとりのなさを生む。

優しさは優柔不断になり、誠実は人を窒息させそうになる。

秀才は規則に則《のっと》った事務能力はあっても、思い上がるほどには創造力はなく、自分の属する家や土地の常識を重んじる良識ある人は決してほんとうの自由を手にすることはないのが現実である。

いかなる美徳と思われていることも完全ではないことを知ると、人は何をやっても、自分が百パーセントいいことをしている、という自覚を持たなくなる。それが大切なのだ。

『二十一世紀への手紙』

第6章

人間としての分を知る

人生の原型は不幸と不平等

運、不運を見れば人生に平等などありえない、だから運命を考えて使う

人間は平等である、と日本人は教えられましたが、これはれっきとしたうそですね。私たちは平等であることを願いはしますが、現実は決して平等ではないし、運命もまた、人間に公平ではあり得ない。それを親たちも教師たちも決して容認してこなかった。同じ電車に乗っていて、事故が起きた時、どうして誰かが命を落とし、すぐ隣にいた人が無傷でいられるのか。何も悪いことをしていない幼い子供たちが、死んでしまうのか。この疑問に答えられる人は、一人もいないでしょう、私など、人間の中には平等を嫌う遺伝子が埋め込まれているのではないか、と感じることさえある。できれば、人よりいい思いをしたいと考えるのが、その現れです。卑近な例でいえば、小料理屋で、私の次にアンキモを頼んだ人に板前さんが、「申し訳ありません。たった今、最後のが出てしまいまして」と言い訳しているのが聞こえた時、私の幸福は倍の大きさになるのよ

(笑)。やったぁ！　私は運がよかった、と思うわけ。まったく人間が小さいけれど。飛行機事故で亡くなった人と生還した人と明暗を分けたような場合、生きる幸運をつかんだ人とその家族は幸福に満たされるでしょう。死亡した人の家族の悲嘆を知りながら、生きた自分の幸運を喜ぶのです。実際問題として、人間を平等に扱う、人間に平等の運命を与えるなどということは、できることではありません。ただ、どんなに運命は不平等でも、人間はその運命に挑戦し、できるだけの改変を試みて、平等に近づこうとする。それが人間のすばらしさだと思います。(中略)

子供たちには、むしろ人生は不平等である、という現実の認識を出発点として教えるべきですね。そこから人間はそれぞれにおもしろい脱却の方法を学ぶ。たとえ人間的な欠陥であろうと、病気やマイナスの才能であろうと、辛い境遇であろうと、それが個人に与えられたものなら、それを元に生きていく。それが私たちの出発点であり、それが人生のテーマになり得る。平等ではない運命を、しっかりと使う方法を考え出すのが、人間の知恵というものです。

『日本人はなぜ成熟できないのか』

「運」も「才能」ももともと不公平なものです。どの国のどんな家庭に生まれたか、親からどういう容姿・才能を受け継いだか、人間は生まれた瞬間からもう、平等ではないのです。つまり、「運」や「才能」はいわば宿命的なものです。しかし、それらは直接、その人の幸不幸とは関係ありません。もちろん、努力して運を切り開くことや、努力で新たな才能を開発することはできるでしょうが、出発点も到達点も各人各様のうえ、その得た結果の質もさまざまですから、決して平等にはなりえません。

それに、才能にも職業にも貴賤《きせん》はなく、幸せの形も人によってまちまちなのですから、そこに平等思考を持ち込むこと自体にも無理があります。

『幸せは弱さにある』

耐えぬいた経験は個性となってその人を輝かせる

人間は幸福からも不幸からも学ぶことができるんですね。病気、失恋、受験に失敗すること、勤め先の倒産、親との死別、離婚、親しい人から激しい裏切りにあうこと……などを耐え抜いた人というのは、必ず強く深くなっています。そして、望ましくなかった経験がむしろ個性となって、その人を静かに輝かせているものです。

『思い通りにいかないから人生は面白い』

「人生は苦難の連続である」という現実を、私たちは認めるべきなんですね。そしてその不幸が人間をつくることでもある。その点に気づいて、喜ぶべきであるということです。人間は、順風満帆《じゅんぷうまんぱん》の日々を喜ぶことはできても、苦難の日々を喜ぶことはできない。うまくいかないことがあれば、不平・不満を述べたてる。それが人間です。でも、イエスは「喜びなさい」とおっしゃる。

思えば、私たちは実社会で「喜びなさい」という命令をあまり聞いたことがありませんね。現代では、不平・不満を述べたてる技術は学びますが、喜ぶという技術は教えられない。だから、ちょっと戸惑ってしまうところでもあります。

私たちは、不幸な状況にあっては、心からは喜べないけれど、たぶん理性で喜ぶべき面を見出すことはできる。そうして苦労を喜びに変質させることによって、現状への不満から生じる無益な不幸感を払拭して、困難に立ち向かう力をもらう。そのことが幸いなのだということですね。逆に言えば、どんな状況でも喜ぶべき面を見出すのが、人間の悲痛な義務だということです。

『幸せは弱さにある』

幸福を感じる能力は不幸の中で培われる

闇がなければ、光がわからない。人生も、それと同じかもしれません。幸福というものは、なかなか実態がわからないけれど、不幸がわかると、幸福がわかるでしょう。だから不幸というのも、決して悪いものではないんですね。荒っぽい言い方ですが、幸福を感じる能力は、不幸の中でしか養われない。運命や絶望をしっかりと見据えないと、希望というものの本質も輝きもわからないのだろうと思います。

『思い通りにいかないから人生は面白い』

その青年も、ケガをした直後は当然いろいろ悩んでいた。その時一人のカトリックの神父が、彼にこう言ったそうです。

「ないものを数えずに、あるものを数えなさい」

それは慰めでも何でもないと思います。誰にも、必ず「ある」ものがあるのです。でも、人間というのは皮肉なことに、自分の手にしていないものの価値だけを理解しがちなのかもしれません。自分が持っていないものばかりを数えあげるから、持っているものに気づかないんですね。

『思い通りにいかないから人生は面白い』

人から受けたら与え返す

私には障害者の友達がたくさんいるが、中でも一番明るいのは、生まれつきの障害者である。見えたことがない人は別に見えないことを少しも不幸とは感じていない。歩き方も実にうまいし、時には私たちの読書の速度より早く点字を読んで、私たちを呆れさせる。だから障害を持って生まれたことが主観的不幸だということにはならない。要は、健康な人であろうが障害者であろうが、自覚の問題だろう。全生涯をかけて、弱点をのりこえて生きようとする人には誰でも手を貸そうとするものだ。

ただ人間の尊厳という観点から見たら、人から受けるものと、人に与えるものとは、別に同じ量でなければならない、ということはないが、両方が行われなければならない。与えられたら、どこかでまた与える、という営みを忘れないことだ。さらに、どんな好意も受けて当然ということはない。ありうべからざるほどの幸運なのだ、といつも感動し深く感謝できることが大切だろう。

『地球の片隅の物語』

差別と格差がない社会などどこにあるだろう

人間社会には差別があって当然かもしれない。いいこととも賢いこととも思わないが、相手に差別感情を持つことで自分の自信の構築の理由にしている人は結構いて、差別意識がそのために有効だとしたら、それは一種の道具のように役だつものと言ってもいいだろう。

現世に差別があってはいけない、とか、差別は既にないはずだ、と言い張るのが政治家や教育者や進歩的文化人・学者の仕事だ。もちろんそれができれば、こんないいことはないが、差別は永遠にあるものだろう、と認める小説家もごく少数ならたまには要るのである。

『人間関係』

格差はいけない、それは人道に反する、という。しかし格差のない社会などどこにあるだろう。生まれつき健康な人と病弱な人とは、どうしても運命的に分かれる。生来、明るい性格と暗い人とは必ずいる。しかし私の見るところ、病弱な人は昔は病気から学び、思索的な人間になった。病気がその人を育てたのだ。暗い人は処世術で損をするように見えるが、しかし世の中には表に出ない方がいい仕事をすることもある。作家もその一つだ。しかし今は願わしくない生活の中からも学ぶという姿勢を学校も親も教えない。

美女に生まれる人は一万人、いや百万人に一人の確率だろう。そして皮肉なことに、美女に生まれれば、当初は日の当たる人生を歩くが、最期まで幸せという保証はどこにもない。しかし戦後教育は、絶対にあり得ない平等を要求し、それがあたかも実現できるかのような錯覚を子供に与え、各々の人が自分の立っている地点、自分に与えられた資質を生かすことを指導しなかった。

平等というものは、目指すものではあるが、DNAが一人一人違うということが、平等はありえないことを示している。教育が平気で嘘を教えたのだ。

その結果、不運を抱え込む人に対して国家が助けるのも当然だが、大切なのは、個人の心の優しさだという点は忘れている。個人は、心からの同情、慈悲、現実に手助けしたいと望むことなどができて、初めて人間になる。しかし今の人たちは、「困った人は、国家に助けてもらったらいいんじゃないの？」と言う。慈悲の心の消失した、殺伐たる時代になったのである。

『SAPIO』「日本人の魂を巡る提言『消失の時代』」2011年1月26日号

自分の不幸を特別と思わないほうがいい

不幸にもいろいろありますが、自分の不幸を特別なものだと思わないようにすることは肝心です。食べられないのが一番大変だとか、お姑さんにいじめられることがこの世の最大の不幸だとか、みんな、自分の不幸がこの上なく大きいものだと思うわけですね。私に言わせると、それは悪い意味で女性的特性だと思いますが、不幸というのは誰にでもあって、しかも比べられないものなんです。

『思い通りにいかないから人生は面白い』

「運が悪い人生」は自分の心がけの中にある

そう言えば、人間の暮らしは「出ると入れる」でなり立っている。呼吸も食物の摂取もそうだ。呼吸はよく吐かねば充分に吸えない。食べるだけ食べても、排泄が充分にできていなければ、必ず次の重大な支障に繋がる。

恐らくお金はもちろん、品物でも、幸運でも、愛情でも、この収支の関係がうまくいっていないと、必ず後で精神的病気になるように私は思うようになった。自分に要るだけの物は充分にいただくのだが、要らない分は人に分ける。自分が幸運だと思ったら、その運を少し分けるような機会を見つける。愛を受けたら、他の人にそのお返しをする。

世の中には自分の不運を嘆く人がいるが、その中には、取り込むだけで出すことと与えることを考えない人がかなりいるのだろうと思う。それは「運が悪い」という人生に繋がるのである。


『週刊ポスト』「昼寝するお化け」2012年5月11日号

人は底まで落ちてしまうと、一条の光を見つけることもうまくなる

私は家庭内暴力の中で育った。家庭は穏やかな方がいいに決まっている。しかし私は

穏やかでない家庭に生まれてしまったのだから仕方がない。私は運命を積極的に使うことにする他はなかった。

子供ながら、私はいつもあれこれと心を痛め続けて暗い毎日を生きてきたので、人生そのものは、悲惨と暗さが原型なのだと思い込んだ。

しかしそんなふうに底まで落ちてしまえば、ありがたいことに、一条の光にも似た現実の明るい面を見つけることもうまくなるのである。社会の仕組みはこれまでも年々是正されていると感謝できる。子供の頃、既に苦労人になってしまった私の、これが報われた姿だったのである。

『安心したがる人々』

「評判のよくない人」は才能が抜きんでている場合が多い

「評判のよくない人」は、むしろ或る方面に才能が抜きんでている場合が多いのです。だから、それだけの才能がない人が、嫉妬《しっと》で悪い評判を立てることが多いのですし、仮にその人にほんとうに胡散臭《うさん》いところがあったとしても、私たちは「裁くな」という神のご命令の下に軽々にその人を断じるようなことだけはしなければいいのです。

つまり聖書には、私たちが「評判のよくない人」と付き合ってはいけない、という根拠は何もないのです。それを発見したら、大変爽《さわ》やかな気分になりました。

『聖書の中の友情論』

植物は自分の命を捨てて、他者を生かすことを認める

自らの命を捨てて、他者を生かすことを、植物の世界は認めている。畑では菜っぱを播いたあとで、必ず間引きということをする。弱い苗を引き抜いて苗を殺すのである。しかし人間の場合はそうはいかない。誰のためといえども、犠牲になって死ぬのはいけないと教える。

しかし私が幼いころから触れたキリスト教ではそうではなかった。もちろん親も学校も職場も、「あなたは人のために、時と場合によっては命を捨てなさい」とは教えない。

しかし結果としてそのような生涯を貫いた人の人生は、見事なものだったのだ、と承認することをキリスト教は教えてくれた。

『出会いの神秘　その時、輝いていた人々』

物事の善悪は即断できない

とくに現代は、善悪をあまりにも早く決めようとする傾向が顕著です。人間に関しては、ちょっとしたことですぐに「あの人はダメだ」とか「この人は信用ならない」などと判断し、悪い者は排除しようとします。物事の善悪についても、短期的な視点から全面否定するようなことがままあります。

「そんなに軽率に判断してはいけませんよ」

何事も即断せずに、長期的視点を持つことが非常に重要なのです。

『幸せは弱さにある』

日常生活以上のものを持つと負担に耐えられなくなる

すべての物質は、お金を含めて、必要なだけ十分にあるのがいいが、それ以上は要らない。今度、ソフトバンクの副社長になったインド系の人は、約百六十六億円の役員報酬だと報じられていた。

人はすべてのものに好みがあって当然だから、金も多いほどいい、と言う人がいても構わないのだが、そういう額の報酬を欲しがる人、それに応じる人、トップにそれだけ儲けさせる商品を買った一般の客、すべてがどこかおかしいと私は感じている。つまり賢くないのである。経営者が賢くない会社に繁栄が続くはずがない。

どんな人にも一年は三百六十五日、一日は二十四時間である。眠る時間が十時間は欲しいという人もいれば、五時間で済むという人もいる。しかしそれでも一年に使える時間は限られている。

百六十六億円を、どう使うのか。投資をする。慈善的な仕事に寄付する。個人の享楽に使う。大きく分けて、これくらいしかない。世界の各地に、数十軒の別荘を持っているという富豪の話はよく読むが、いかに富豪といえども、一年を四百日に増やすことはできないのである。すると持っている別荘を使う日にちは、別荘の数が多いだけ減る。

自家用機を持てば、好きな時に待たずに次の土地へ移動できる、とそうした富豪は言う。しかしそれも正確ではない。どんな金持ちでも左右できないのは、気象条件である。飛びたいと思っても、ルート上の天候が悪ければ、待つ他はない。さもなければ、悪天候に弱い小型機は落ちて死ぬだけだ。

別荘は、きれいに保管しなければその意味をなさない。草茫々《ぼうぼう》で、蜘蛛の巣の張っている別荘など、お化け屋敷だ。するとその管理に人手もお金も、そして何より心が必要だ。雇われた管理人は、必ず手を抜く。しかも別荘の持ち主である富豪自身も次第に年を取るから管理する気力も体力も減る。

世間を見ていると、こうした「夢のある暮らし」をしたがる情熱は、六十歳くらいから始まる。その年齢になると、少しお金の自由もでき、そうした浪費をしても仕方がない、と世間が認めるようになるからだろう。その手の暮らしを十五年から二十年近くすると、人間は再び変わる。日常生活以上のものを持つという負担に耐えられなくなるのだ。そこで人間は初めて、己を知る。自分にとって必要なものしか要らないのだ、という当たり前すぎることを悟るようになる。

『老境の美徳』

「世の中のショウコリモナイ連中」の夢の中身

よく、お金目当てにお爺さんと結婚する、とか、遺産を残して早く死んでくれそうなお婆さんと結婚しようか、とかいう冗談がある。冗談でも不真面目なことは許さない、という人もいるが、私は口だけなら、できるだけ不真面目でいたい、とずっと思って来た。その方が精神が健康になるのである。しかしそれにしても、お金目当ての結婚というものは傍が簡単に考えるほどうまくは行かないようである。だから、私をも含めて「世の中のショウコリモナイ連中」はお金目当ての結婚に永遠におろかな夢を繋ぐのだろう。

『地球の片隅の物語』

どんな人もお金には惑わされる

人間は貧乏にも裕福にも、我を失ってはならない。貧乏に強い人間になることも私は大好きだが、大きなお金を動かせる立場にいても、その力に溺れず、自分の哲学を持ってお金を動かせる自制力が要る。

『Will』「その時、輝いていた人々」2016年1月号

お金というものは、結婚生活の中で、人間の弱さが占める部分をごまかしてくれる作用も果たすし、弱さを助長して耐えられるものも耐えさせないようにするという役目も果たす。

『夫婦、この不思議な関係』

適当に怠けて自分の心をのんきにすると、人に寛大になれる

私は、自分のことで何が何でも隠さねばならないと思うことなど、一つもない。どんな醜さも、おろかしさも、私なりにふさわしく、充分、あり得ることで、《そうだろうとも》と皆に思ってもらえそうなことばかりである。私には、サギをするのは、知的能力の面でむずかしい点が多いが、かっとなってやる殺人なら充分犯せるといつも思っている。

そしてそのほかの、けちだったり、金づかいが荒かったり、だらしなかったり、お喋りだったり、身勝手だったり、人の心がわからなかったりすることは、私にもいとも簡単にできるのだから誰にでもできるのである。

そしてそんなふうに思えば、適当に怠けることで、自分の心をのんきにし、他人にも寛大になることなど簡単なのだ。

『人びとの中の私』

一家団欒の食卓の崩壊が意味するもの

家庭で料理をしないということは、実はみかけ以上に大きく人生を損なうような気がする。料理をすれば当然一家が食卓を囲む。そこで家庭というものの、極《ご》く自然な形が確認される。しかし出来合いのお惣菜を、ひどい場合にはプラスチックの容器のまま食卓に出して、食べ終るとそのまま捨てるという生活を始めたら、もう人間の生活は基本から滅びるとさえ私は思う。

つまり家族の食卓の崩壊した生活には、家族というものを通して見ることができる人間観察のスタートラインがない。もっとも普通な精神的表現である会話も豊かにならない。料理をしなければ、家族が喜ぶ健康にいいものを食べさせようという「愛」に裏打ちされた創造的世界の継続もない。さらに買って来たおかずをプラスチックの容器のまま食卓に出してそのまま捨てる暮らしには、食事に適した容器を選ぶ美的感覚とも無縁になる、ということだ。

どのような角度からみても、もはや家庭は崩壊している。一人でエサを食べて生存を継続するのは、動物の生活ではあっても、人間の暮らしではないのである。

『言い残された言葉』

「善評」に比べて「悪評」がある方が楽に生きられる

人は他人のことを、正確に理解することはできない。これは、宿命に近いものである。だから人間は、正義や公平や平等を求めはするが、その完成を見ることは現世ではほとんどない。それを一々怒るような幼い人になると、一生それだけで人生を見失うのである。

このことは決して、私になげやりな態度を取らせもしなかった。おもしろいことに、世界中が、勘違いをするということもなくて、私には常に私を理解してくれる友人がいたから、彼らか彼女たちのうちの数人は、事情をわかってくれているということがよくあった。

また私が何か説明しようとすると、夫が「ほっとけ」と言うこともあった。

彼の論理によると、人間、いい評判など立てられると、とにかく肩が凝ってしかたがない。それに、いい評判というのは、とにかく少し努力を怠るとくずれがちなものだからでもある。しかし「善評」に比べて「悪評」は安定のいいものだ。「善評」はそれを保ち続けるのに、すさまじい努力がいる。

いつもよく気をつけ、気前よくし、決して荒い言葉を吐かず、徹底して慎ましくし、寝る時間を惜しんでも人のために尽くす。そのような努力を、少しでも減らすと、途端に人は悪口を言い始める。

しかし「悪評」は保ちがよく、安定している。ちょっとやそっとのことでは、その評判が変化したりはしない。世間は、悪評のある人物には最初から期待しないから、その人は無理をしなくて済む。そして少しいいことをすると、運がよければ意外に思ってもらえたりもする。だから、どちらかと言うと悪評のある人の方が、当人は楽に生きられる。

『二十一世紀への手紙』

❦人間は悪に対する甘美な思いと、善に対する憧れを同時に持っている

人間の中には穏やかさや平穏無事を愛する気持ちと同時に、不気味なこと、残忍なこと、異常なことにも興味を抱くという本能が埋蔵されている。だから平静に考えれば、人間が悪に対して甘美な思いと隠れた楽しさを感じる機能は、善に対する憧れを持つのと同様に、極めてノーマルな、と言って悪ければ普遍的な人間性である。それなのに、今、私の周囲では、マスコミにも文士にも学生にも教授にも主婦にも老人にも、人間の中には、一切の破壊的な欲望などなく、ただひたすら、優しさと公平を求める気持ちだけがあるような顔をしたがる人がいくらでもいる。そうなると、私はどうもその嘘の臭気に耐えられなくなって来ているのである。

『悪と不純の楽しさ』

第7章

大人の老いの心得

神の贈り物として孤独と絶望を味わう

高齢者には、我慢と礼儀に対する教育をしなおした方がいい

高齢者になって、私が自由を得たと思う点は幾つかある。もういつ死んでもいいのだから冒険をしてもよくなったということと、高齢者に対する辛口の批判を言い易くなったことである。

自分が若いと、高齢者批判は、純粋に悪口にしか聞こえない。しかし私自身が批判を受ける対象群に入っていると、ことは少しおもしろくなる。

ここ一週間ほど、私は時々落ち込んでいた。帯状疱疹《ほうしん》に罹《かか》って、痛み止めの薬づけになった日があったからである。

その間つくづく、病人であろうと老人であろうと、暗い顔をして機嫌が悪いということは、社会や家庭において純粋の悪だということを実感した。

病人なら仕方がない。年をとったら口もきかず仏頂面をしていても当然、という一種の優しさが世間にはある。しかし人口の約四分の一だか三分の一だかが高齢者になる時

代に、そんなに機嫌の悪い人がたくさん世間にいられたらたまらない、というのが私の素朴な実感だ。

私の子供の頃、社会も学校も親も、耐えることをよく教えてくれた。しかし今は、子供の希望はできるだけ叶《かな》え、生活環境の苦痛は可能な限り取り除くのが当然、ということになった。

耐えるということは、一種の嘘をつくことだ。辛《つら》くてもそういう表情をしないことだから、そこにはいささかの内面の葛藤は要る。他人が不愉快になるだろうから、できるだけ明るい顔をするということは本来一種の義務なのだが、そんな嘘はつかなくていいという人もいる。またそうしたいと思ってもできない状況はあるのだが、私は改めて子供には日常性を失わないで済むだけの嘘をつく（耐える）気力を教え、大人や高齢者にはどんなに辛くとも周囲に対して我慢と礼儀を尽くせ、という教育をしなおした方がいいと思うようになった。

『人は怖くて嘘をつく』

老化の目安は、「その人が、どれだけ周囲を意識しているか」という点にある

生気に満ちた老人になるのは簡単だ。若い時からきちんと勉強し続ければいいのである。頭がいい悪いは問題ではない。怠け者の秀才と、勤勉な鈍才がいたら、おもしろいことに、老年には、勤勉な鈍才の方がずっと魅力的になっているはずだ。その方法は簡単で、若い時から本を読み続けることなのである。

『幸せの才能』

老いというものが、絶対年齢と共に少しずつやって来るのは事実だが、若くても老いている人と、暦の上の年齢は高齢者でも少しもぼけていない人とがいるのが最近の社会だ。

老人の特徴はいろいろあるが、私が老化の目安にしているのは、「その人が、どれだけ周囲を意識しているか」という点にある。老人になるほど自分勝手になって、周囲の

ことを気にしない。改札口、道の真ん中、エスカレーターを下りたすぐ近くの空間などで、平気で立ち止まる人もいる。体が利かないから立ち止まらざるを得ないこともあろうし、耳が遠いから、周囲に人がいるという気配も聞こえないのかもしれないが。

しかし実は若くてもこういう人がいる。そういう人は多分、この世には実に大勢の人が暮らしていて、それらの人たちに皆それぞれの事情があって生きているのだから、お互いに充分に相手の存在を意識して、譲り合わなければならないのだ、という現実がわからなくなって来ているのである。ほんとうは誰でも一歩自分の家の外に出れば、緊張して外界の状況や変化に備えるようにしていなければならないのだが、その意識のない若者も多くなった。

こういうのは若ぼけ、と言ったら怒られるのかもしれないが、このぼけの年齢が次第に低くなっているような気さえする時がある。美容に心を使う人が多くなったので、外見は若くきれいな人が増えたのは事実だが、行動は全く鈍感な利己主義者という人もまた多くなって来たのである。

『人生の原則』

若くても、他者への配慮がなくなったら、それが老人なんですよ。電車の中で足を投げ出して座ったり、眠りこけている人は二十歳でも老人です。言葉を換えて言えば、他者への気配りがあれば七十代でも壮年なのです。

『老いの才覚』

働いてこそ一人前、老いても同じことが言える

人間は老人であろうと誰であろうと、「人間をやっている間」は働くべきだ。理由は簡単で、与えてこそ一人前だからなのである。昔と同じような地位がないのはもちろん、「労賃」も安くて当然だ。いや、労働力が衰えた以上、報酬も安くなる方が社会的関係は端正だ。しかし何歳になろうと、働いて社会に与える立場にいることは、精神の尊厳を示す条件だからだ。

『働きたくない者は、食べてはならない』

死んだ後のことはきれいさっぱり何一つ望まない

私たち夫婦は、これまでの肉筆原稿もすべて焼いてしまいました。文学館とか自分の胸像とか建てたがる人がいますが、私にはなぜ、そんなに世間に覚えていてもらいたいのか全然わからない。どんなに無理をしても、死者は忘れられるものですからね。

私は、死んだ後のことは何一つ望まない。自分の葬式も必要ないと思っているくらいです。肉体が消えてなくなったのを機に、ぱたりと一切の存在がなくなるようにしてほしい。何もかもきれいに跡形もなく消えるのが、死者のこの世に対する最高の折り目正しさだと思っているからです。(中略)

遺産をめぐって残された人々が争うくらい、惨めなものはありません。遺産が少なくても多くても揉めているという世間の話を聞くと、遺言状を書いておくのも義務の一つだと思います。子供が何人かいる場合は、親の遺した大島紬の着物一枚でも争うそうです。だから、これは長女へ、これは次女へというふうに生きているうちに形見分けもちゃんとして、それ以外のものは全部捨てるか、売るかして、売った現金は相続人の数で分けるなど、とにかく禍根を残さないように、はっきり決めておくべきです。

『老いの才覚』

昔の老人は他人や国に頼らず知恵を絞って生きた

昔は戦争があり、不治の病があり、自然災害による被害を国が助けてくれる制度も完備していなかった。ある程度、運命を受け入れ、他人や国に頼らず生きる知恵を絞ったのです。それがいまは、生活も豊かになり、あらゆる点で守られている。原初的な不幸が見えなくなり、ありがたみも忘れて、要求ばかりする老人が増えたんです。

『女性セブン』「新われらの時代に」2011年2月24日号

「安心しない毎日を過ごす」のが一番のぼけ防止である

私の周囲を見回していて気づくのは、「安心しない」毎日を過ごすのが、一番認知症を防ぐのに有効そうに見える。誰もご飯を作ってくれない。誰も老後の経済を心配してくれない。誰も毎朝服を着換えさせてくれない。誰も病気の治療を考えてくれない、という状況がぼけを防ぎそうだ。

要するに生活をやめないことなのである。

『人間の愚かさについて』

人の悪口ばかり言う認知症の母をもつ人の話も聞いたことがあります。誰かの悪口を言うなら〝軽薄に〟相槌《あいづち》を打てばいいのです。「ああ、それは悪いやつだ！」とか言って、心ではそう思っていなければいい。不実も時にはいいものですよ。母を嫌いになったら「私はこんな老人にはなりたくない」と思ってもいいのです。それでも、母を見捨てなければいいのですから。

親の介護中、一切荒い言葉をかけなかった息子や娘って話はよく聞きますけれど、私は胃潰瘍《かいよう》になっているんじゃないかしらと思います（笑）。こちらの健康も保つためには、適度に親とけんかしたり、残酷なことを言って後で悪いなと思ったりして生きていったらいいでしょう。
たとえば、母親を怒りそうになったら台所に行って甘いものを食べるとか、何か自分に合う方法を試してみるのもいいですね。3回けんかするところを、まず2回、1回にしようと目標を決める。ああ、そうだ、この手でいけばいい、というものがあるかもしれませんよ。
今、認知症の症状が広く知られるようになってきました。以前は、「うちの嫁はごはんを食べさせてくれない」「息子にお金を盗まれた」と年寄りに言われるとみんな信じてしまっていましたが、今は認知症のせいだとわかる。いい時代に生まれ合わせたのだと思います。

『曽野綾子の人生相談』

今あちこちの雑誌で、それこそ、最期まで「ぼけ老人にならない法」というのが盛んに特集されている。しかし正直に言うと、私はそのどれもが、甘い話に思える。脳というものは、刺激を受けることによって神経幹細胞が活発になるから、それがいいのだという。それを可能にするための方法というものもあちこちで書かれているが、それが余りにも子供じみていて、甘く、私のように昔から今まで「働きづめで」やって来た八十代にはほとんど役に立たない。

脳を刺激するには、やはり運動が一番だというが、私は若い時からスポーツが嫌いだったし、現在でも運動などしている時間がない。しかし私は毎日「生活」している。原稿を書き、料理をし、物を片づけ、古家の壊れた部分を修理する手配をし、その他あらゆる雑用をする。それが多分ぼけ老人にならない一番の方法だと考えている。

『風通しのいい生き方』

アフリカでは老人の孤独死はありえない

孤独死という形で人がいつの間にか死んでいると、社会の不名誉のようにいわれますが、文明の豊かさの象徴だと思いますね。アフリカでは孤独死なんてできないです。住居は、3畳ほどの窓もない土間の小屋ですよ。貧しいからドアもボロ切れがかかっているだけ。周囲に見つからないように死ぬなんてことはできません。日本にはドアのしっかりした家があるから、見つからないように死ねるんです。

『女性セブン』「新われらの時代に」2011年2月24日

神の贈り物として孤独と絶望を味わう

人間の過程の一つとして、老年は孤独と徹底して付き合って死ぬことになっているのだ、と考えたほうがいいのではないでしょうか。

『老いの才覚』

最期へ静かに変わって行くのが人間の堂々たる姿勢

年賀状を出さなくても、葬式に欠礼しても、高齢者に対しては、誰もが、年のことを考えてくれる。こんな寒い時の葬儀に無理して参列してくれて、それがきっかけで風邪を引き、肺炎にでもなられると困るから、お宅で暖かくしていてくださった方が安心だと思う。亡くなったという知らせはなくとも、年賀状が来なくなるということは、あの人ももう年だから自然だ、と誰もが思ってくれるのが老人のよさである。

ましてや年金暮らしかどうかくらいは誰にでも容易に想像がつくことだ。最盛期には羽振りのよかった人でも、高齢者になれば、皆お金とは無縁の暮らしに入るのだ。それは別に恥でもなく、落ちぶれた証拠でもなく、憐《あわ》れまれる理由でもない。むしろ静かに変わって行くのが人間というものの堂々たる姿勢だと思う。

『言い残された言葉』

老人といえども自立しなければいけない

私の高齢者の知人は、「このごろ百歳以上という人が実に多くなったのよ」という。昔は百歳以上になると、知能的には、もう子供みたいだった。しかし今では頭もしっかりした百歳以上が、その辺をいくらでも歩いている。

学者たちは、百歳以上がたくさん生きる社会を考えて、準備しなかったのだ。中国など、日本より悲惨なことになるだろう。政治的強権をもって一人っ子政策をとって来たのだから、今に夫婦が四人の親を養う時代が来る。

老人の方もこれほど長生きした例を周囲に見たことがなかったので、長寿を学んだり、長寿について自分なりに考えたりする機会がなかった。その点が最近の問題になって浮かび上がりつつある。

とにかく身体的、経済的、心理的に、まだ力はあるのに、自立しようとしない老人が増えすぎたのだ。普段からお茶一ついれたことがない男は、妻が死ぬと自分一人では生きられないから、何か高級な理由をつけて自殺でもする他はない。

いまだに老人には、老後は趣味で遊んでいてもいい。もう何年も働いて来たのだから、そろそろ楽をしてもいい年齢だ、という甘い考えがあるらしい。その上、かつて社会にいた時には組織の重鎮だった人ほど、日常生活の自立は不可能な無能力老人になっている。病院に入れば、できることも自分でしない。入院費を払った以上してもらわないのは損だ、という精神的貧しさも加わっている。日本の現状でそんな人手はどこにもないことが、一流大学出の往年の秀才にも全くわからないのである。

人間は死ぬ日まで、使える部分を使って、自分を自分で生かすのが当然だ。車椅子になっても茶碗は洗える。歩ければ、他人の分まで買い物をしてあげられる。耳は遠くなっても料理はでき、視力をなくしても洗濯はできる。食べること、排泄すること、着替えなどの身の回りに必要なことを、何とか自分なりに工夫してこそ人間だ。それを早々と放棄する無気力な老人が今や公害になっている。

こんなことは、改めて政府が「老人大学」を創設して、短期間、再教育を義務づけなくても、ほんとうはわかるはずのことだが、老人たちが自発的に自分を教育することをしないならば、改めて社会的に、老人の生き方について、もう一度、義務教育の機会を作る他はないだろう。つまり他人をあてにするな、という原則を老年期の入り口に当たって、老世代の意識に叩き込むのである。

『週刊ポスト』「昼寝するお化け」2010年9月3日号

ものが捨てられなくて、老年になっても家の中が品物で埋まっている、という人の話を聞くと、その気持ちがわからない。私たちは、遺体の始末だけは人にしてもらわねばならないのだが、その他の点では、自分のことは自分で始末していくのが当然のことなのだ。

『酔狂に生きる』

このまま、老人に優しい社会など継続できるわけない

経済状態は破綻寸前と言いながら、どういう経済的からくりの結果か私にはよくわからないのだが、日本社会は老人に優しい社会をしきりに作ろうとしてみせる。多分老人も同じ一票の権利を持っているから政治家はおだてて票につなげようとするのだろう。日本が貧乏になりかけていて、負債も多いという時に、老人だからと言って特権のように甘い暮らしが継続できるわけはない、と私は思う。それなのに、老人とは言えない六十代でも、日本人の中には生産しないで遊んでいる人がどこにでもたくさんいる。旅

行、お稽古ごと、ゴルフなどのスポーツ、健康や美貌を保つために長時間を使うこと、などどれも一人前の健康と知能を保っている人なら、することではないように思う。

『風通しのいい生き方』

一人になった時のことを、繰り返し考え準備する

一人になった時のことを繰り返し繰り返し考えておくべきなんでしょう。これは火災訓練と同じようなものです。

『老いの才覚』

日本はもう少しすると、全世代の四分の一が一人暮らしになるそうです。配偶者と死に別れた高齢者も、これから増えてくるでしょうね。

一人で生きていけるのか、という不安はあっても、生きていくしかないでしょう。使えるものは何だって使って。それが生きるということですから。

私が気になるのは、孤独は怖いというイメージがあるわりに、果してみんな、友達を作る努力をしているのだろうか、ということです。
友達を作る、一番ラクチンな方法は一緒にご飯を食べることです。

『夫婦のルール』

年をとっても少し無理をして生きる

私自身は、生涯を無事だった人生よりも、両足の骨折して思うように動けず、自信を失ったりした人生のほうが、より深い味わいがあったように思います。

『夫婦のルール』

老人といえども他人に依存せず、自分の才覚で自立すべきだ、というのが私の考え方ですが、私は、人間はみんな少し無理をして生きるものだと思っています。年をとった、身体の調子が悪くなったからといって、何でもやってもらおうというのは、おかしい。

お金を稼がないと生きていけない現実もある。大きな荷物を背負った行商のおばさんは、もう昔の光景ですけどね。やっぱり生活があるから、腰が痛くてもやっていたんです。その程度のことは、人間やって当たり前でしょう。

みんな少し無理をするべきなんですよ。つらい思いをして、みんな生きているんですから。年をとっても、それは同じだということを知っておいたほうがいい。

『夫婦のルール』

「年寄りをどう始末するか」を国も医学界も何もやっていない

これから一番大変なのは、いやな話ですけど「年寄りをどう始末するか」っていう問題ですね。どうしたら穏やかに、比較的幸福に、不当な長生きをしないようにするか。もう始めなきゃいけないことですけど、国も医学界も何もやっていらっしゃいません。国だけじゃなくて、長寿に奔走したドクターたちにも責任がありますよ（笑）。

『野垂れ死にの覚悟』

いやなおじいさんとおばあさんが死ぬと周囲はほっとします。「万歳！」です。そういうのもいいいんじゃないでしょうか？「良かった。死んでくれて！」と思われることで周囲に素晴らしい幸福を与えているんですよ。

『野垂れ死にの覚悟』

死ぬ日まで自分のことは自分でする

私たちにははっきりとするべきことがある。もしかすると百歳まで生きてしまうなら、今のうちから必死になって身体を保たせることを仕事にすべきだ、ということだ。深酒や喫煙をやめ、運動を怠らず、誰かの世話になればいいという甘えを捨てて、死ぬ日まで自分のことは何とか自分でする、という強固な目的を持つことだろう。

年を取ったら、勤めているのではないのだから、時間だけはいくらでもある。どんなに行動に時間がかかろうとも、それで文句を言う人はいない。とにかく歯磨き、洗面、入浴、トイレ、食事などを自分ですること、の外に、自分のための簡単な食物の用意、洗濯機を使って衣服を清潔にすること、気分のいい時に自室の掃除をすること、くらいは、終生する決意をしなければ、日本はやっていけない。

あそこが痛い、ここが悪いと言って、病院通いを主たる生活の目的にしている高齢者も、少しはそれ以外に人間としてやらなければならないことがある、と考えた方がいい。

今のような老人に対する処遇は、まもなく社会の構造ができなくなる。

国家に治療費を負担させておいて、増税反対は不可能だ。若い世代が大切なら、病気をしない、という決意で生きなければならない。

『産経新聞』コラム「透明な歳月の光」2005年9月5日

自然の中では人間の死は何と軽いものだろう

その人の死後にも、野山には、若葉が芽ぶき、けんらんたる花が咲く。その営みは少しも狂うことがない。人間の死の何という軽さよ！　自然は一人の人間の死について、まさに何一つ記憶しようとせず、いたみもしないのである。

人間は誰もが「思いを残して死ぬ」

それは「人間は皆、思いを残して死ぬのだ」という真理であった。自分の生活をすべて犠牲にして、他人のために、一生を生きた方にしてさえ、教え子たちに、その真意をわからせることはできなかったのだ。

私は心の中で、大好きだったその方にその場で小さな約束をした。それは、その方の一生に照らしてみても、私は今後自分が他人から正当に理解されないような場合にも決して嘆くまい、ということであった。恩師は亡くなられてから後までも、私にこのことを諭《さと》して行って下さったようであった。

誰もが「思いを残して死ぬのだ」と考えた時、私は改めて少し気が楽になったのである。

『続・誰のために愛するか』

死を認識しているからこそ、限りある時間を濃縮して生きようとする。また、死があるからこそ、自分のできることの限界を知る。物質的な豊かさを追い求めることなど、はかないものだとわかる。

そんなふうに死を意識して初めて、現世を過不足なく判断して生きることができるのです。

『幸せは弱さにある』

老人に残された、唯一の、そして誰にでもできる最後の仕事

老人になって最後に子供、あるいは若い世代に見せてやるのは、人間がいかに死ぬか、というその姿である。

立派に端然として死ぬのは最高である。それは、人間にしかやれぬ勇気のある行動だ

し、それは生き残って、未来に死を迎える人々に勇気を与えてくれる。それにまた、当人にとっても、立派に死のうということが、かえって恐怖や苦しみから、自らを救う力にもなっているかもしれない。

しかし、死の恐怖をもろに受けて、死にたくない、死ぬのは怖い、と泣きわめくのも、それはそれなりにいいのである。

人間は子供たちの世代に、絶望も教えなければならない。明るい希望ばかり伝えていこうとするのは片手落ちだからだ。

一生、社会のため、妻子のために、立派に働いてきた人が、その報酬としてまったく合わないような苦しい死をとげねばならなかったら、あるいは学者が、頭がおかしくなって、この人が、と思うような奇矯《ききょう》な行動をとったりしたら。惨憺たる人生の終末ではあるが、それもまた、一つの生き方には違いない。要するに、どんな死に方でもいいのだ。一生懸命に死ぬことである。それを見せてやることが、老人に残された、唯一の、そして誰にもできる最後の仕事である。


『あとは野となれ』

精神の完成期を全うする意味

若いうちは、複雑な老年を生きる才覚がありません。しかし多くの人は、年をとって体の自由が利かなくなったり、美しい容貌の人が醜くなったり、社会的地位を失ったりしていく中で、その人なりに成長します。

つまり少年期、青年期は体の発育期、壮年と老年は精神の完成期であり、とりわけ老年期の比重は大変重いものでしょう。

『老いの才覚』

この世が上質なものになり、運命に深く感謝する時

私たちは死の時に、実に運命は平等ではないことを初めて実感する。私の姑《しゅうとめ》は、八十九歳の或る夏の日の昼頃入浴し、「ちょっと疲れたから、ひと眠りしますね」と言っ

て、そのまま目覚めなかった。すぐ近くにいた舅《しゅうと》も少し耳が遠かったせいか、妻の死に気づかなかった。ピンピンで生きてコロリと死ぬことが最近の人々の願いだというが、ほぼそれに近い生涯であった。

しかし一生病の床から起き上がれないままに生を送る人もいる。他人の私たちが悼んでもどうしようもないことだが、その不条理を深く悲しむことは決して無駄だとは思わない。

なぜなら、私にとって、自分の現実であろうと他人の運命であろうと、不条理にうちのめされることは、無駄どころではなく、まさに私を人間として複雑にしてくれる過程のような実感があるからである。

そして地球上のすべての人間が、動物としてではなく、人間として深まることこそ、恐らくこの世が上質なものになることだろう、と迂遠《うえん》なことを考える。そして不条理の原因にもその運命を受けとめてくれた人にも、深く感謝するのである。

『誰にも死ぬという任務がある』

あらゆることに深く絶望し、思い残すことなくこの世を去る

私は、年寄りになったら、今よりももっと、深く絶望したいと思う。決して思いどおりにはならなかった一生に絶望し、人間の創《つく》りあげたあらゆる制度の不備に絶望し、人間の知恵と限度に絶望し、あらゆることに深く絶望したいのである。そうなってこそ、初めて、死ぬ楽しみもできるというものである。その絶望の足りない人が、まだ半煮えの希望をこの世につないで、いろいろなことに口を出す。

『あとは野となれ』

一生の間に、ともかく雨露を凌ぐ家に住んで、毎日食べるものがあった、という生活をできたのなら、その人の人生は基本的に「成功」だったと思います。

『老いの才覚』

死を前にして初めて最も大切なものに気付く

死を前にした時だけ、私たちは、この世で、何がほんとうに必要かを知る。私たちは日常、さまざまなものを際限なくほしがっているが、もし明日の朝には世界中の人類が死滅する、ということになった時には、誰もがいっせいに、今まで必要と信じ切っていたものの九十九パーセントが、もはや不必要になることを知るのである。お金、地位、名誉、そしてあらゆる品物。すべて人間の最後の日には、何の意味も持たなくなる。

最後の日にもあった方がいいのは「最後の晩餐《ばんさん》用」の食べ慣《な》れた慎ましい食事と、心を優しく感謝に満ちたものにしてくれるのに効果があると思われる、好きなお酒とかコーヒー、或いは花や音楽くらいなものだろう。それ以外の存在はすべていらなくなる。

その最後の瞬間に私たちの誰もにとって必要なものは、愛だけなのである。愛されたという記憶と愛したという実感との両方が必要だ。

『二十一世紀への手紙』

出典著作一覧（順不同）

《書籍》

『生活の中の愛国心』河出書房新社
『人生の旅路』河出書房新社
『生活のただ中の神』海竜社
『弱者が強者を駆逐する時代』ワック
『別れの日まで』新潮社
『なぜ子供のままの大人が増えたのか』大和書房
『幸せは弱さにある』イースト・プレス
『日本人はなぜ成熟できないのか』海竜社
『辛うじて「私」である日々』サンケイ出版
『働きたくない者は、食べてはならない』ワック
『飼猫ボタ子の生活と意見』河出書房新社
『思い通りにいかないから人生は面白い』三笠書房
『人生の収穫』河出書房新社
『想定外の老年』ワック
『それぞれの山頂物語』講談社
『戦争を知っていてよかった』新潮社
『ただ一人の個性を創るために』PHP研究所
『人間にとって成熟とは何か』幻冬舎
『時の止まった赤ん坊』海竜社
『貧困の光景』新潮社
『国家の徳』扶桑社
『二十一世紀への手紙』集英社
『あとは野となれ』朝日新聞社
『酔狂に生きる』河出書房新社
『私を変えた聖書の言葉』講談社
『言い残された言葉』光文社
『安心と平和の常識』ワック
『絶望からの出発』PHP研究所
『幸せの才能』海竜社
『三秒の感謝』海竜社
『続・誰のために愛するか』祥伝社
『人びとの中の私』海竜社
『誰にも死ぬという任務がある』徳間書店
『夫婦のルール』講談社
『正義は胡乱《うろん》』小学館
『出会いの神秘　その時、輝いていた人々』ワック
『老いの才覚』KKベストセラーズ
『日本財団9年半の日々』徳間書店
『親子、別あり』PHP研究所
『風通しのいい生き方』新潮社
『晩年の美学を求めて』朝日新聞出版
『悪と不純の楽しさ』PHP研究所
『曽野綾子の人生相談』いきいき
『夫婦、この不思議な関係』ワック
『緑の指』PHP研究所
『雪あかり〈蒼ざめた日曜日〉』講談社
『仮の宿』PHP研究所
『地球の片隅の物語』PHP研究所
『聖書の中の友情論』新潮社
『人は怖くて嘘をつく』扶桑社

『人間の愚かさについて』新潮社
『野垂れ死にの覚悟』KKベストセラーズ
『ボクは猫よ2』ワック
『人生の原則』河出書房新社
『老境の美徳』小学館
『安心したがる人々』小学館
『人間関係』新潮社

《新聞・雑誌　連載》

『産経新聞』コラム「正論」2001年1月7日
『産経新聞』コラム「正論」2003年5月16日
『産経新聞』コラム「正論」2006年5月8日
『産経新聞』コラム「透明な歳月の光」2005年9月5日
『産経新聞』コラム「透明な歳月の光」2015年2月11日
『産経新聞』コラム「透明な歳月の光」2016年5月10日

『週刊ポスト』「昼寝するお化け」2010年9月3日号
『週刊ポスト』「昼寝するお化け」2010年9月17日号
『週刊ポスト』「昼寝するお化け」2010年11月26日・12月3日合併号
『週刊ポスト』「昼寝するお化け」2012年5月11日号
『週刊ポスト』「昼寝するお化け」2015年10月30日号
『週刊ポスト』「昼寝するお化け」2016年1月8日号
『週刊ポスト』「昼寝するお化け」2016年3月11日号

『週刊現代』「曽野綾子はこう考える」2013年2月16・23日合併号

『Will』「その時、輝いていた人々」2015年8月号
『Will』「その時、輝いていた人々」2016年1月号

《雑誌》

『週刊現代』「『どんな手段を使っても生き抜く』そんな覚悟を持ちなさい」2013年5月11・18日合併号
『週刊現代』「『私の違和感』「セクハラ・パワハラ・マタハラ」2013年8月31日号
『週刊現代』「ノーベル賞・大村智さんもそうだった『学校なんて、どうでもいい』」2015年10月24日号

『SAPIO』「お子さまの時代」2010年1月27日号
『SAPIO』「日本人の魂を巡る提言『消失の時代』」2011年1月26日号

『聖母の騎士』「役立つ人への祝福」2002年8月号
『ゆうゆう』「美しい生き方&年齢の重ね方の流儀」2010年3月号
『毎日が発見』「つらいことも乗り越えられる私の生きる力」2011年11月号
『女性セブン』「新われらの時代に」2011年2月24日号
『はるか・プラス』「3・11で変わるこの国のかたち」2011年9月号
『Will』「東日本大震災から一年！　生き残った世代のほんとうの使命」2012年4月号
『Voice』「(対談) 曽野綾子／山田吉彦　断末魔の韓国経済」2014年7月号
『文藝春秋』「難民受け入れは時期尚早だ」2015年12月号

※本書は以上の出典から抜粋して、一部、加筆修正のうえ構成いたしました。編集部